JN306784

銀糸は仇花を抱く

神奈木 智

幻冬舎ルチル文庫

CONTENTS ✦目次✦

✦カバーデザイン＝吉野知栄（CoCo.Design）
✦ブックデザイン＝まるか工房

イラスト・穂波ゆきね✦

銀糸は仇花を抱く

子どもの頃、母親に聞かされた怪談話がある。

奉公先の家宝である皿を女中が一枚割ってしまい、折檻《せっかん》された挙句《あげく》に井戸へ身を投げて死んでしまう、という筋書きだ。女中は成仏できず、幽霊となって毎晩皿を数え続ける。家宝の皿は十枚揃《そろ》わねば価値がないからだ。

「ああ、どうしよう」

口の中で、小さく小さく呟《つぶや》いた。唇が震えていた。

この屋敷へ奉公に来て二年になるが、これまで大きな粗相はしたことがなかった。仕事を覚えるのが早いと女中頭にも褒められたし、よく働くと奥様にも常々感心されている。

それなのに、とんでもないことになってしまった。

どれだけ祈りを込めて眺めようと、割れた鏡は元には戻らない。取っ手の付いた丸い手鏡は、ごく最近旦那《だんな》様が手に入れてきたものだ。いつも出入りする骨董《こっとう》商からではなく、知人のツテで手に入れた逸品らしい。さすがに値段まではわからないが、相当に高価な品だということは理解できた。居間の低い飾り棚へ置かれたそれは、女中頭しか触れてはいけないと固く言われていたからだ。

「どうしよう、どうしよう」

しゃがみ込み、何度か同じ言葉をくり返す。だからといって、鏡が元に戻るわけではないが、他にどうしたらいいのか考えが及ばなかった。

運が悪かった——それはある。板張りの床には絨毯《じゅうたん》が敷き詰められており、落ちたからといって割れるような強度ではない。けれど、たまたま飾り棚の下に掃除用のバケツを置いてしまい、それがブリキ製だったのがいけなかった。落下した鏡はバケツの縁に当たって端が砕け、大きなひびが真ん中に入ってしまった。

「なんとかしなくちゃ。なんとか」

幸い、家の者は皆出払っている。こんなことは珍しかった。午前中一杯、旦那様と奥様は執事を連れて観劇に出かけているし、息子たちは学校だ。使用人は数名残っているがそれぞれ割り当てられた仕事が忙しくて、居間へ入ってはこないだろう。

今のうちだ、ともう一人の自分が囁《ささや》いた。ぐずぐずしていたら、誰かに発見されてどんなお咎《とが》めを受けるかわからない。屋敷を追い出され、路頭に迷うかもしれなかった。

「…………」

とりあえず鏡の破片を掻《か》き集め、メイド服のポケットから取り出したハンカチで丁寧《ていねい》に包む。そのまま立ち上がろうとしたが、膝《ひざ》になかなか力が入らなかった。なんとか苦労して姿勢を正すと、鏡を胸に抱いて呟く。

「なんとかしなくちゃ」

まるで呪文のように、その言葉で頭が一杯になった。そうだ、なんとかしなければ自分は破滅してしまう。身寄りのない小娘の、ささやかな取るに足らない人生だけれども、夢や希望はたくさん抱《いだ》いていた。ここで仕事を失い、弁償金を背負わされては、身売りする他に生きていく術《すべ》がない。それに――まだ、この屋敷を出て行きたくはなかった。

「なんとかするわ……いいえ、してみせる」

くり返すうちに、ようやく気概がしゃんとする。時間はなかったが、その中で最善を尽くさねばならなかった。これまでも、飢えや貧しさで「もうお終《しま》いだ」と諦《あきら》めかけたことは幾度もある。けれど、こうして生き延びてきたのだ。今度だって、きっと何か方法が見つかるに違いない。とにかく、頭を働かせるのだ。

心の中で自身を鼓舞し、鏡を隠し持って居間から出る。広大な屋敷は居間だけでも家族用と来客用に使い分けられており、自分がいたのは日中の出入りが少ない来客用の方だった。騒音を避けるため奥まった場所に位置しているので、廊下へ出ても他の使用人と顔を合わせないで済む。ホッと安堵《あんど》の息を漏らし、別棟の自室まで駆け込もうとした時だった。

突然、来客を知らせるブザーが静寂を破る。

ドキリとして身が竦《すく》み、走っていた足がそれきり動かなくなった。玄関ホールは目と鼻の先で、大理石の床に人影が映る。焦る心とは裏腹に、続けて「すみません、どなたかご在宅ですか」と耳に馴染《なじ》みのある声がした。

「ああ……」

声の主が誰だかわかった途端、全身から力が抜けそうになる。だが、こんなところで座り込んだら、二度とは立ち上がれない気がした。しっかりしなきゃ、と気を取り直していると同僚のメイドがこちらへ向かってくる気配がする。急いで「私が出ます」と声をかけた途端足音はピタリと止《や》み、再び軽やかに遠ざかっていくのが聞こえた。

「すみません、あの……」

「はい、ただいま」

懸命に動揺を取り繕い、返事をしながら歩き出す。よかった、足はちゃんと動くようだ。それならば、口だってまともに動くに違いない。己の窮状を訴え、助けてくださいと縋《すが》ることもできるだろう。いや、彼以外に自分を救える者などきっといやしない。

「すぐに参りますから。……すぐに」

前掛けに包んだ手鏡を、白い布の上から確かめる。

その時、布地に小さく赤い染みができた。

いつの間にか、破片で指を切っていたのだった。

まるで、群青の絵の具を雨水へ一滴だけ垂らしたようだ。

濃淡の美しい花弁を飽かず眺めながら、緋襦袢《ひじゅばん》姿の佳雨《かう》はそんな風に思う。

根元の白から縁の蒼《あお》まで、涼しげに広がっていく滲《にじ》んだ色。中庭に面した出窓に飾っているのは、昨年恋しい男から贈られた朝顔の鉢だ。丹精の甲斐《かい》あって、小ぶりだが今年も綺麗《きれい》に花を咲かせてくれた。

（もう七月……あれから一年たっちまったのか）

柄にもなく過去を振り返り、ふぅ、と淡く息を吐く。

関東最大の色街で、三本指に入る遊郭『翠雨楼《すいうろう》』。

揃えた遊女は粒揃い、昔気質《かたぎ》の楼主にきちんと躾《しつけ》をされ、廓《くるわ》独特のしきたりが今もしっかり根付いている。大見世《おおみせ》の格に恥じない花魁《おいらん》、藤乃《ふじの》を擁し、華やかで婀娜《あだ》めいた空間は、まさに男たちにとっての極楽浄土と言えた。陽が落ちれば妓夫《ぎゆう》が呼び込むまでもなく客が押し掛け、紅殻《ベンガラ》の籬《まがき》越しに男女の駆け引きが行われる。騙《だま》し、騙されながら客と遊女は一夜限りの契りを交わし、色欲と偽物の恋情を売り買いするのだ。

だが、そんな喧騒《けんそう》とは別にひっそりと孤高を保つ花もいた。

「どんだけ見てたって、花は増えねぇぞ」

「希里《きさと》か。もう起きたのかい？」

幼い少年の声に我に返り、佳雨は物憂く瞳を上げる。眠たげなその様子に、声の主はますます憎らしい口をきいた。

「物好きだな、佳雨。わざわざ正座して、朝顔が開くのを待ってるなんて」

「大袈裟《おおげさ》な子だな。ちゃんと、足は崩してたさ」

「でも、神妙な顔してたぞ」

「………………」

欠伸《あくび》を嚙《か》み殺してぶっきら棒に言ってくるのは、春から面倒をみている禿《かむろ》の希里だ。年は十四歳だが、故郷で栄養の足りない生活をしてきたせいかひょろりと手足が細く、生意気そうな黒目だけが目立つ子どもだった。

「意地張ってないで、寝りゃいいのに。午前中なら、まだ咲いてるだろ」

「開くところを、自分の目で見たいんだよ。特別な花だからね」

「昼見世で寝ぼけた面《つら》になっても、知らねぇぞ」

「おまえこそ、お客様の前で大欠伸をしないことだ」

「ちぇっ、誰のせいだよ」

唇を尖《とが》らせて毒づく希里に、佳雨はゆるりと笑んでみせる。

本来、衣食住の全てを世話し、廓での行儀作法や約束事をみっちり教え込む姐女郎《あねじょろう》と禿とは、こんな風に対等に話せる関係ではなかった。しかし、佳雨は希里のズケズケ物を言う小生意気な性格が気に入って、特に咎めずに好きにさせている。

（まぁ〝姐〟でもないしな）

心の中で混ぜっ返し、けれど己が身を包むのは紛れもない女装束であることを佳雨は時々他人事《ひとごと》のような目で奇妙に感じるのだった。

色街でも数人しかいないと言われる、男花魁――それが佳雨の仕事だ。

男花魁は特殊な存在故に決して顔見世には出ず、評判のみを煽《あお》って客を取る。そのため、客筋にも一風変わった趣味人、粋人が多かった。同性愛の指向を持つ旦那衆より、通り一遍の廓遊びに飽いた者が物珍しさも手伝って通ってくるのだ。

そこから馴染みになるかどうかは、それぞれの手練手管にかかっている。そうして、佳雨は生来備わった才智と抜きん出た美貌《びぼう》とで、『翠雨楼』が色街に誇る裏看板として通の間に名を馳《は》せているのだった。

「なぁ、佳雨。真面目な話、少しは寝ないともたねぇぞ。最後の客が帰ってから、そのまままずっと起きてるんだろ。朝飯もってくるから、食ったら昼まで寝ろよ」

「え……？」

「朝顔なんて、毎日咲くんだ。今日の分は、もう満足したろ」

子どもとは思えぬしっかりした口調に、佳雨は驚きと戸惑いを同時に感じる。秋田から女《ぜ》

衒《げん》に買われて上京し、そろそろ四ヶ月が過ぎる頃だ。今では故郷の訛《なま》りもほとんど消え、ずいぶん垢《あか》ぬけた風貌になってきたが、どうやら成長しているのは外側だけではないらしい。

黒目がちの大きな瞳をまじまじと見返し、佳雨はにっこりと微笑《ほほえ》んだ。

「もしやと思っていたが、おまえ、本当に付き合って起きていたのかい？」

「い、いや別に。たまたま厠《かわや》へ行こうと思って目が覚めただけで……」

「ありがとう。優しい子だね、嬉《うれ》しいよ」

「やめろよ、違うって言ってんだろ」

禿とはいえ希里は男なので、寝起きを他の少女と一緒にはできない。物置同然の狭い場所だが、一応独立した空間を佳雨の部屋の近くにあてがわれていた。そこで、佳雨が床に就くのを我慢強く待っていたのだろう。気配でまだ起きているのを察し、こちらの身を案じて出てきてくれたのだ。口が悪くて可愛げはないが、心根の優しい子だと嬉しかった。

「なんか、その花のこと大事にしてるしさ」

照れ臭いのか、半分怒ったような顔で希里は言う。

「俺、佳雨の福寿草をダメにしかけたし。朝顔は、ちゃんと面倒みるよ。だから、安心して寝ろって。ええと、朝飯は見世のでいいのか。どっかで買ってくるなら……」

「そうだなぁ、今日も暑くなりそうだしね」

「じゃあ、蕎麦《そば》とかにするか？　もうすぐ店も開くだろうし、ひとっ走り行ってきてやる」

「おまえも一緒に食べるならね、希里」

今にも飛び出していきそうな姿に、佳雨は悪戯《いたずら》っぽく茶々を入れた。案の定、希里は小づくりな顔を真っ赤にし、嚙みつかんばかりに口を開く。

「おっ、俺は自分が食いたいから言ったんじゃなくて……っ」

「わかっているよ。俺が、おまえと食べたいんだ。一人で蕎麦を啜《すす》っても、味気ないだけで美味《うま》いことなんざあるもんか。そうだろう？」

「そ……かな……」

「さぁ、行っておいで。釣りはいらないから」

座り机の小引き出しから金を出し、幼い手のひらへ握らせると、希里は少し困ったように眉根《まゆね》を寄せた。このまま好意を受けていいものかどうか、決めかねているのだろう。以前、佳雨が面倒をみていた新造《しんぞ》の梓《あずさ》などは屈託なく喜んだものだが、希里にはまだ好意と同情の区別がよくつけられないようだった。

「これはね、朝顔の世話賃だ。おまえは草木のことをよぅく知っている。俺はこれこの通りの廓育ちだからね。色事の知識は詰まっちゃいるが、他のこととなるとからきしだ」

「色事の知識ってなんだ？」

「それは、朝っぱらからする話題でもないね。さ、早く行っておいで。いずれ、時期がきたらちゃんと俺が教えてやるよ。それまでは、朝顔のことだけ考えておいで」

「……わかった」

元が聡い性質なのか、深くは食い下がらずにくるりと踵を返す。佳雨のお下がりの単衣は赤みがかった紫地に白でほおずきを染め抜いた柄で、くっきりと色分けされた力強さが勝ち気な希里によく似合っていた。

まだ早朝といってもいい時間だ。朝寝に就く遊女たちを起こさないよう、足音をしのばせて希里が廊下を去っていく。見世へ来た当初は「ごぼうのようだ」と遣《や》り手のトキが毒づいていたが、最近ではなかなかにしなやかな身体《からだ》つきになってきた。

「本当に先が楽しみな子だ。生意気で小憎らしいところは、却《かえ》ってあの子の人気を引き立てるだろうよ。お父さんは、さすがに見る目があるね」

楼主の嘉一郎《かいちろう》は、育ての親でもある。そうして、今や「男花魁贔屓《びいき》」と廓の女郎たちから揶揄《やゆ》されるほど佳雨の成功に気を良くしていた。十六歳を目前に「男花魁になる」と宣言した初めこそ、正気の沙汰《さた》じゃないと反対したものの、今では梓や希里など新たな男の店子を育てるのにも熱心だ。それもこれも、色街では何かと色眼鏡で見られがちだった男花魁の存在に、佳雨が特別な意味を持たせることができたからだった。

かつて色街に君臨した絶世の美女、雪紅《せっこう》花魁の血を分けた弟。

それだけでも注目の的なのに、佳雨は姉によく似た面立ちと機転の利いた受け答えで、水揚げ後はたちまち物見遊山の輩《やから》を虜《とりこ》にしていった。今では贔屓のお馴染みに文化人、政治家、貴族に実業家と名の知れた紳士が名を連ねている。無論、芸事でも他の花魁に引けはとらず、三線や謡は玄人裸足《くろうとはだし》、茶も点《た》てられれば外国語もそこそこなす。教養高い客人を満足させるのは、何も床の中だけに限ったことではなかった。

「いくらちやほやされたところで、男だって事実は変わらないんだけれどね」

ふっと一人溜《た》め息をつき、先刻己の発した言葉に後ろめたくなる。

先が楽しみ、と言ったって、希里を待っているのは夜毎《よごと》男に抱かれる生活だ。身を売ることでは遊女と同じだが、同じ男に犯されるのは耐え難い苦痛に違いない。何が楽しみなんぞであるものか、と思いはするが、さりとて他にどういう未来があの子にあるだろう。

「希里は、最初から男花魁を毛嫌いしていたからな。陰間《かげま》だなんだと、うちへ来た当初は俺もずいぶん罵《ののし》られたもんだ。だいぶん素直になったとはいえ、お腹《なか》の中じゃ割り切れない思いがまだ燻《くすぶ》っているんだろう」

それでも、ここで生きていくしかないのだ。

金魚は、水槽の中でこそ優雅にひらひらと泳いでいられる。紛《まが》い物、作り物と言われる自分たちだって同じことだ。『翠雨楼』という囲いの中でなければ、偉そうに咲き誇ってはいられない。一歩世間へ出たらどんな冷たい目が待っているか、想像に容易《たやす》かった。

『綺麗な男というのは特別な生き物なんだ。普通に生きるのが難しく、美しいほど気味悪がられる。色街を一歩出れば、おまえにもそれがわかるだろう』

馴染み客の一人、鍋島義重《なべしまよししげ》の言葉がふと思い出される。あの時はただぞくりと芯が冷えるだけだったが、確かに彼の言うことは正しいような気がした。

それなら、と佳雨の瞳に憂鬱《ゆううつ》な影が差す。

自分が恋慕うあの人も、やがては同じ視線を浴びることになるのだろうか。

「若旦那……」

朝顔の刹那《せつな》に花開く姿が、どうにも自分たちに被《かぶ》って見える。どちらにせよ、こちらも相手も男なのだから、真っ当な関係とは言い難かった。何があろうと想いは捨てず、貫いていくと決めた恋だけれど、彼の通いが少し間遠になると不安はやはり生まれてくる。

「蕾《つぼみ》がついたと話をしてから、もう十日もおいでにならない……」

せっかく花が開いたのに、と恨めしい気持ちになり、花弁を指先で揺らしてみた。できることなら他の男を見送った後でなく、あの人と朝寝をしながら眺めたかった。

佳雨が何度めかの小さな溜め息をついた時、不意に声がかけられる。

「花魁、ちょいと邪魔してもいいかい」

「お父さん？」

「ここんとこ、おめぇがずいぶん早起きだってんで、試しに来てみたら案の定か」

それは、嘉一郎の声だった。佳雨は二藍《ふたあい》を市松に染め分けた小袖《こそで》を急いで肩から羽織り、廊下に面した障子をするすると開ける。そこに、愛想のいい還暦間近の男がやや猫背気味に立っていた。

「すまねぇな、こんな朝っぱらから」

戸惑う佳雨へ、嘉一郎は丁寧に詫《わ》びる。楼主といえど、見世の稼ぎ頭である花魁の扱いをぞんざいにしてはならないからだ。女衒上がりの彼は、その辺りをよく弁《わきま》えていた。老獪《ろうかい》さでは色街でも右に出る者はいないが、普段は鋭い目つきを柔和な表情で隠し、見世では遊女たちの父親代わりを名乗っている。もっとも、五歳の頃から『翠雨楼』で育った佳雨にそんな綺麗事は通じなかった。

しかし、それは嘉一郎も同じだ。佳雨がどんな芝居をしようと、彼は本音を真《ま》っ直《す》ぐ見抜いてしまう。わかっていて、あえて騙されるのも日常茶飯事だ。お互いに、情とは別のところで狐と狸《たぬき》の化かし合いをしている。

「ほぅ、朝顔だな。今年も見事に咲いたもんだ」

「色が涼しげでいいでしょう。希里が物知りなんで助けてもらってますよ」

「希里か。さっき、見世を飛び出して行きやがったよ。あいつぁ、いつまでたってもガキのまんまだな。ちっとは色気も出てきてほしいとこだが」

そう言いながらも、満更ではない顔だ。買われたばかりの頃は反抗ばかりで手を焼かせ、どうなることかと思っていただけに、甲斐甲斐しく佳雨の世話をするようになったことに胸を撫《な》で下ろしているのだろう。

「時に、佳雨。おめぇは幾つになる？」

「なんだよ、急に。お父さんなら知ってるだろ。お陰様で、もう二十歳《はたち》だ。廓の水に浸《つ》かって十五年。俺も、そこそこ古株になってきたかな」

「馬鹿野郎。たかだか三、四年の稼ぎで何をホザいてやがる。そんな台詞《せりふ》を吐くにゃあ、百年早いんだよ。……いやいや違うな、そういう話をしに来たんじゃねぇんだ」

「どうしたんだい、真面目な顔をして。なんだか、こっちまで畏《かしこ》まっちまう」

「おめぇの年季明けの話だよ」

「え……」

座敷へ上がった嘉一郎は、佳雨の勧めた座布団へ腰を下ろすと試すような目つきで見返してきた。それは、この先の話が決して楽しくはないことを物語っている。おまえに聞く覚悟はあるのか、とその目は問うてきていた。

「俺の借金は、初音《はつね》ちゃんの肩代わりをした分だろ」

佳雨も居住まいを正し、膝の上で手を重ねる。だが、幼馴染の借金のみならず、他にも莫《ばく》大《だい》な金が日々積み重ねられていることも無論知っていた。

妓楼《ぎろう》での食事代、季節ごとの衣装や催事にかかる諸々《もろもろ》の費用。花魁ともなれば安物を身に纏《まと》うわけにもいかず、それなりの着物でなければ恰好《かっこう》がつかなかった。

加えて以前は梓、今は希里の面倒をみている。自分の世話をさせる禿や新造を養うのは花魁の務めであり、新造出しや突出しのお披露目に至るまで、かかる金は全てが佳雨の払いとなるのだ。客からの援助はあるものの、とてもそれだけでは賄《まかな》いきれない。いきおい佳雨自身の借金となり、見世への借りが増えていく仕組みだ。

そうやって年季がずるずると延び、限界まで働かされる遊女たち。姉の雪紅のように大店《おおだな》へ身請けされるのは稀《まれ》で、多くは先の希望もないまま日銭を稼ぐくり返しだった。

「お父さん、年季明けなんて幾らなんでも気が早いよ。今日明日で片付く額なんかじゃないことは、俺が一番よく知ってるんだ。それなのに、なんでわざわざ……」

「ま、ここいらで現実を見とくのも大事かと思ってな」

「え？」

不穏な物言いにドキリとし、笑顔が僅《わず》かに強張《こわば》ってしまう。

「現実って……一体何の話……」

「今更、おめぇに念押しするのは野暮だがな。間夫《まぶ》のできた遊女は、愛だ恋だに目が眩《くら》んでどうもその辺が甘くなりがちだ。佳雨、廓育ちのおめぇだって例外じゃねぇ」

「…………」

「その証拠に、初心《うぶ》な小娘みてぇに間夫から貰《もら》った花を眺めてる。俺に言わせりゃ、だいぶんおかしくなってるわな。今んとこ我を忘れるほど度を越しちゃいねぇが……おめぇ、引き返すんなら早い方がいいぞ？」

「お父さん……」

引き返す、というのは、すなわち「別れる」ということだ。その選択肢は、佳雨の中にはすでになかった。何があろうと、自らこの恋を捨てたりはしないと誓ったのだ。

だが、楼主相手に真正直になったところで誰も得などしない。以前、恋人との仲を問い詰められた時は「金が目当てだ」と言い張って切り抜けたが、やはり彼は欠片《かけら》も信じてはいなかったのだろう。それでも、佳雨はまた偽りを口にせねばならなかった。

「お父さんの心配はよくわかるよ。でも、俺は別に……」

「七年だ」

「え？」

「おめぇの年季が明けるまで、ざっと計算してあと七年かかる、そう言ったんだよ」

「七年……」

それは、決して想像を超えた数字ではない。

だが、はっきりと言葉にされた途端、空気がずしりと重みを増した気がした。

「七年後といや、おめぇも二十七だ。男花魁としても、それくらいが上限だろう」

「…………」

「何、心配することはねぇ。その頃にゃ借金も返して、多少の蓄えはできてるはずだ。おめぇは頭もいいし人の扱いを心得ている。世間で言われるように、どこぞで野垂れ死にすることもないだろうよ」

一般の遊女でも、三十を超えればがくんと人気は落ちる。やがて稼げなくなった彼女たちはより安い河岸《かし》見世へと移り、性病にかかったりろくでもない男に寄生されたりして、悲惨な末路から逃れられなくなるのだ。

女でさえそうなのだから、異端の存在である男花魁は更に悲惨だった。どれだけ綺麗に着飾り、艶《あで》やかに咲き誇ろうと、紛い物である以上その輝きはあまりにも短い。年齢や容姿の衰えなどで見世の客がつかなくなった彼らは、路地裏の男娼《だんしょう》に身を落としてでも借金を返し続けなければならなかった。

「俺が今まで見てきた男花魁の連中は、せいぜいもって三年だ」

複雑な顔で黙り込む佳雨へ、嘉一郎は今更なことを言う。

「初めこそ、物好きな輩が入れ替わり立ち替わり通ってくる。だが、そいつらを馴染みとして長く引き止めておける奴ぁ、そうそういねぇ。男花魁てのは、所詮《しょせん》見世物だからな。高い金と手間を払ってやっと床入りまで漕《こ》ぎ着けたくせに、その一晩きりでおさらばって悪趣味な金持ちばかりだった」

「それは……そういうお方もいらっしゃるだろうけど」

「だがな、おめぇは違う」

「…………」

「いや、おめぇだけじゃねぇ。どういうわけか、今色街で名を馳せる男花魁は容姿も手管も粒揃いだ。『瑞風館《みずかぜかん》』の銀花《ぎんか》なんざ、客を手玉に取ることにかけちゃ表看板にも劣らねぇって評判だ。うちでも、おめぇが手塩にかけて仕込んだ梓にゃ上等な客がついている」

梓は嘉一郎の秘蔵っ子なので、そのくだりではやや得意げに鼻が膨らんでいた。色街の古狸と呼ばれていてもこういうところは憎めない、と佳雨が胸で呟いていると、空気を読んだ彼はズイと身を乗り出してくる。

「なぁ、佳雨。こいつぁ、時代の流れってやつだ。違うか？」

「時代の……流れ……？」

「おうよ。男と女の境目が、少ぅしずつ曖昧《あいまい》になってきてやがる。世間じゃどうか知らねぇが、何しろここは色街だからな。人の業《ごう》や本質が、否応《いやおう》なしにむき出しになる場所だ。どんなに偉いお人でも、裸で布団に入りゃやるこた同じだろう？　そんなところだからこそ、人の心の移り変わりって奴を、どこより早く感じるんだよ」

演説を一発かまし、嘉一郎は「どうだい」と同意を求めるようにこちらを見た。佳雨は懸命に苦笑を堪《こら》え、けれどもとうとう耐え切れずくすりと笑みを零《こぼ》してしまう。

「早い話が、お父さんは男花魁が金になると思いだしたんだろ。時代だの何だの御託を並べちゃいるけど、結局はそれが言いたいんじゃないか」

「う……む、まぁ……」

「あと二年もすれば、希里も水揚げされて客を取らされる。お父さんは、俺が引退した後のことを考えて、あの子を買ってきたんだろ？　俺の稼ぎに並ぶには、梓一人じゃまだ足りないからね。こう見えても、俺は表看板の藤乃姐さんにだって引けはとりゃしないんだ」

「まいったな」

ポンポンと佳雨が畳みかけると、嘉一郎は決まりが悪そうに頭を掻いた。だが、それと自分の年季明けとどういう関係があるのだろう。腑《ふ》に落ちない思いを抱え、佳雨は注意深く考えを巡らせた。

「もしかして……お父さんは、俺が若旦那に請け出しを期待してると思ってるのかい？」

「…………」

「おまけに、その願いは到底叶《かな》わないと思ってる。どうだい、図星だろう？」

ねめつけるような目で意地悪な口をきくと、嘉一郎はゴホンゴホンとわざとらしく咳《せ》き込んだ。そういうことか、と嘆息し、どう説明したらいいものやらと困惑する。どれだけ言葉で否定しようが、自分が本気の恋に身を焦がしているのを嘉一郎は見通しているのだ。

好きな相手がありながら、自由を望まない娼妓などいやしない。まして、佳雨の恋人は独身で金回りが良く、人一人身請けするのも決して無理難題などではなかった。

「何、おめぇが淡い夢なんぞ見てたら可哀想《かわいそう》だと思ってな」

嘉一郎は言い難《にく》そうに口を開き、渋々と本音を語り出す。

「先だっても、『蜻蛉《とんぼ》』の主人からの身請け話を蹴《け》っちまっただろう。ま、あれは結局断って正解だったが……あん時も、俺は言ったよな。男花魁を身請けするなんざ、そうある話じゃねぇんだぞって。確か、おめぇも同意していたはずだ」

「ああ」

「どんだけ男花魁がちやほやされたって、そいつは色街の中でのことだ。お天道様の下で一緒に生きていこうなんて、そんな酔狂な奴がいるわけがねぇ。そこんとこ、色恋に目が眩んでると見誤っちまう。おめぇが賢くて分を弁えた性格なのはよっく承知してるがな、そんでも理屈の通らねぇことをしちまうのが惚《ほ》れたはれたのおっかねぇとこなんだよ」

確かに、それを言われると返す言葉がなかった。

実際、神隠しにあった恋人を救いにいこうと、佳雨は廓を抜けたことがある。あの時は馴染み客の義重が上手《うま》く取り計らってくれたお陰で足抜けとバレずに済んだが、嘉一郎は知らん顔をしながら気づいていたらしい。

「残酷なことを言うようだがな、身請けされて恋しい相手と添い遂げる、なんて甘いこたぁ考えるな。おめぇは真面目に勤めてさえいりゃ、七年後には大手を振って大門を出られるんだ。色恋で身を持ち崩したり、叶わぬ夢を見て傷ついたりするんじゃねぇぞ」

「お父さん……」

「いいか、おめぇは『翠雨楼』の裏看板だ。梓や希里が一人前になるまで、おめぇにゃ突っ張っていてもらわにゃなんねぇんだよ。――わかるな？」

「…………」

そうまで言われて、「違うんだよ」とは口に出せなかった。

佳雨は、恋しい相手に身請けなんて求めてはいない。もちろん、向こうだって同じ気持ちだ。自分たちは最善の答えを求めて、まだ危うい恋を慈しむのに精一杯だった。先のことはわからないが、少なくとも金を積んでもらって自由を買おうとは思わない。

しかし、そんな道理に外れた恋を嘉一郎が理解するはずがなかった。佳雨自身、矜持《きょうじ》と意地のせめぎ合いで日々揺れている。想いが深まるほど他の男に身を任せる苦しさは募り、いずれ身動きが取れなくなるのでは……という不安も抱いていた。

「おっと、おしゃべりが過ぎたようだな」

念入りに釘を刺したことで安堵したのか、晴れやかな声音で嘉一郎が立ち上がる。見送るために佳雨も腰を上げ、その際に視界の端を朝顔の鉢がちらりと掠《かす》めた。

「あ……」

「ん？　どうしたい？」

「……いや、なんでもないよ。そろそろ希里が戻ってくるかと思ってさ」

蕎麦屋まで使いに出した彼も、もう帰ってくる頃だ。嘉一郎を笑って送り出し、佳雨はそのまま踵を返すと障子をそっと後ろ手に閉めた。

「若旦那……」

心が緩んだ途端、唇があの人を呼んでしまう。

先刻まで匂《にお》やかに咲いていた朝顔たちは、皆いつの間にか花弁を閉じていた。


「佳雨、『百目鬼堂《どうめきどう》』の若旦那が来たぞ」

喜助《きすけ》の一人に言付けられ、座敷へ入ってきた希里がこっそり耳打ちする。夜見世の時間は始まったばかりで、夏の夜空にはまだうっすらと葡萄《ぶどう》色が残っていた。

「若旦那が？　本当かい？」

「身支度がまだなら『松葉屋《まつばや》』で待っているから、だってさ。いつもなら佳雨の部屋へ直接来るのにな。久しぶりなんで、きっと決まりが悪いんだな」

「こら、ませた口をきくんじゃないよ」

窘《たしな》める顔も、自然と綻《ほころ》んでしまう。そんな佳雨の様子を冷やかすように眺め、希里は利発な黒目をくるんと輝かせた。

「やっと笑ったな、佳雨」

「え？」

「今朝、クソ爺《じじい》が何か言ったんだろ。部屋から出てくるとこ、俺見てたんだ。そしたら、佳雨は何遍も溜め息ついていてせっかくの蕎麦もろくに食わないしさ」

「口が悪いことだ。楼主をそんな風に言ってるのが知られたら、また折檻されるよ？」

「ふん、あんなのどうってことない。ここじゃ腹一杯飯が食えるから、体力だけはついてるんだ。それより返事はどうすんだ？　喜助の実《みのる》さんが外で待ってるんだけど」

「返事……」

佳雨の鼓動が、とくんと鳴る。

幸い馴染み客は夜半に訪れることが多く、すぐに引手茶屋へ出向いても差し支えはなかった。だが、待ってましたとばかりに出ていくのでは、いくらなんでも恰好が悪い。こちらにも一応見栄《みえ》というものがあるので、佳雨は澄まし顔を作って希里へ言った。

「何も、『松葉屋』まで足を向けることはないさ」

「じゃあ、こっちへ通してもいいんだな？」

「いや、少し支度に時間がかかるから、別の座敷でお待ちくださいと伝えておくれ」

「支度？　それ以上、まだ着飾るのかよ」

勿体《もったい》ぶった態度に呆《あき》れたのか、ズケズケと希里は遠慮のない口をきく。

「佳雨、もう充分綺麗だぞ」

「いいから、おまえは言われた通りに伝えてくれればいいんだよ。若旦那も、不意の登楼ですんなり会えるとは思わないだろう。あの方は、色街の流儀に慣れていらっしゃるから」

「なんだよ、意地張っちゃって」

佳雨が素直に喜ばないので、希里は面白くなさそうだ。しかし、使いの者を待たせてはいけないので、そのまま駆け足で部屋から飛び出して行った。

「まいったね……」

一人になった佳雨は、遅れて熱くなった頬《ほお》を冷まそうと右手ではたはた扇《あお》ぐ。希里の真っ直ぐな言葉がこそばゆく、「意地張っちゃって」の一言に我ながらその通りだと苦笑いが浮かんできた。本当は自分も人目を憚《はばか》らず走っていきたいが、一度でもそんな振る舞いを許したら際限がなくなりそうだ。

「第一、そんな俺をお父さんが見たら、たちまち若旦那は出入り禁止にされちまう」

いくら上得意であろうと、稼ぎ頭をたぶらかしたとあっては見逃してもらえまい。余計な悲劇を生まないよう、浮かれる心は二人きりになるまで押し殺しておくに限る。

「さて……と」

佳雨は、今夜のために装った衣装をはらりと畳へ脱ぎ捨てた。だらりの前帯を解き、長襦袢だけになったところで折良く希里が戻ってくる。「ちょっと来て、手伝っておくれ」と声をかけると、からりと軽快に障子が開いた。

「うわ、びっくりさせんなよ」

「着替えるから、手を貸してほしいんだ。そっちの簞笥《たんす》から、この前誂《あつら》えたばかりの友禅を持ってきてくれるかい？　そう、浅紫地の紗《しゃ》だよ」

「…………」

「ん、どうした？」

「いや……あのさ……」

背の低い桐《きり》簞笥の引き出しをのろのろ開けながら、希里はしばし口ごもる。お目当ての着物を包んだ呉服屋の和紙に目を留め、丁寧に両手で抱えると、彼は振り返りざま思い切ったように言った。

「着替えるのって、若旦那が来たからか？」

「え、ああ、まぁ」

「それって……普通なのか？　佳雨、あいつが好きなんだよな？　女じゃないのにわざわざ綺麗にするのって、女みたいに見てほしいからなのか？」

「希里……」

「佳雨が仕事で着飾るのは、俺、もうわかるんだ。そういう商売なんだって。でも、若旦那とは商売抜きなんだろ？　そんでも、やっぱり花魁でいなきゃなんないのか？」

真剣な眼差《まなざ》しに射《い》貫かれ、どう答えたものかと佳雨は戸惑う。希里がこんな質問をしてくる、その意味がまず知りたかった。面倒をみるようになって三ヶ月余り、彼がここまで踏み込んできたことはなかったのだ。

「おまえ……やっぱり男花魁になるのは嫌かい？」

選択の余地などないのを承知で、残酷な問いをぶつけてみる。希里は一瞬表情を強張らせたが、すぐに唇を引き結び、こくりとはっきり頷《うなず》いた。

「佳雨には悪いけど、俺には男を好きになったり、そのために綺麗でいようなんて気持ちはよくわかんねぇ。でも、そのうち俺もそうなるんだろ？　俺は……そんなの嫌だ」

「そうか」

短い返事の後、佳雨は希里の手から着物を受け取り、手慣れた動作で着替え始める。紐《ひも》を口に咥《くわ》え、素早く形を整えながら、動きを止めずに話し出した。

「この期《ご》に及んでまだ覚悟が決まらないのか、とおまえを叱《しか》るのは簡単だ」

「佳雨……」

「だけど、おまえは強情だからね。口で幾ら言ったところで、そうそう考えを曲げやしないだろう。いつぞや、俺を凌《しの》ぐ売れっ子になってこの部屋を貰うと啖呵《たんか》を切っていたが、あれは忘れた方が良さそうだね」

「あ、あれは……っ」

「おや、部屋には未練があるようだ」

紐を放してくすくすと笑い、きゅっと腰を締め上げる。衣擦《きぬず》れの小気味よい音が響き、それはそのまま佳雨のからりとした性分を表しているかのようだった。

「俺の心持ちがおまえを不安にさせるなら、ごめんよと謝るしかないね。ただ俺はね、こんな形《なり》をしちゃいるが、自分が男の間夫を持つとは夢にも思っていなかったんだよ」

「そう……なのか？」

「ああ。おまえもいずれわかるだろうが、寝るのと心を預けるのは別だ。男花魁は金で男に抱かれる商売だが、だからって心を焦がしているわけじゃない。心配しなくとも、男を捨てる必要なんざないんだよ。男のまんまで若旦那に惚れた、俺が言うんだから間違いない」

「じゃ、女の恰好で会う必要ないじゃないか」

すかさず希里が食らいついたが、佳雨はあっさり言い放つ。

「ここは遊郭だ。俺は男花魁で、若旦那はお馴染みだ。この場所で逢瀬《おうせ》を重ねる以上、俺は花魁姿の自分も愛してもらいたいんだよ」

「なんで……」

「この姿を恥じたことなんて、一度だってないからさ」

ゆるりと艶やかな微笑が唇を彩り、妖《あや》しく強《したた》かな色に瞳が染まった。

傍らへ控えていた希里は妖艶《ようえん》な変化を目の当たりにし、気圧《けお》されたように言葉を失う。それは、今まで花魁嫌いの彼には見せないできた、佳雨の手管の一つだった。

激しく、誇り高く、圧倒的な存在感。人の憧憬《しょうけい》をそそり、支配欲を煽る美貌。

佳雨は微笑一つでそれらを自在に操り、多くの客を虜にしてきた。視線の流れや吐息の行方で相手の心をざわつかせ、廓にしか咲かない得難い花を演じてきたのだ。

「何より大切なのは、若旦那がこの姿の俺もひっくるめて愛《いと》おしい、と言ってくだすったことだ。それなら、綺麗でいたいじゃないか。男が着飾って何が悪い？　これが俺の商売だ、上等な見栄を切ってるところを見せてやりたいのさ」

「…………」

半ば呆然《ぼうぜん》と佇《たたず》む希里に、「――帯」と続けて声をかける。ハッと我に返った彼は慌てて山百合の刺繍《ししゅう》が入った煌《きら》びやかな丸帯を差し出した。裾《すそ》に芙蓉《ふよう》の文様が描かれた友禅に合わせると一層華やかさが増し、しかし佳雨は少しも衣装負けすることはなく、凛《りん》と美しくそれらを着こなしている。最後に羽織った打ち掛けは生地と同色に沈ませた流水に夏もみじで、品よく抑えた色味が着物と帯をより引き立てていた。

「さて、余計なおしゃべりをしちまった。希里、若旦那はどちらにいらっしゃる？」

だらりの前帯を揺らし、打って変わった爽やかさで佳雨は言う。

希里はまだ夢を見ているような顔つきで、「あっち」と子どもの使いのように答えた。

「本当に、おまえは負けず嫌いだな」

話を聞くなり、百目鬼久弥《ひさや》が敵《かな》わないとでも言いたげに目を細める。洒落《しゃれ》た仕立ての麻のスーツに身を包み、理知的な瞳と品のいい佇まいで微笑む姿はさながら上流階級の紳士かと思うほどだ。実際、彼は齢《よわい》二十七歳にして百年を超す老舗《しにせ》の骨董店の当主であり、業界でも切れ者と評判を取っていた。

だが、久弥が特別な客なのは端整な容姿や肩書きのためではない。

彼が佳雨にとって、この世で何より大切な相手だからだ。

「そうやって、若旦那は笑っていらっしゃいますが」

「うん？」

「俺は、内心どうしたものかと冷や汗が出ましたよ。こっちの答え一つで、希里のこれからに影響が出るかと思うとね。梓の時はこんな苦労はしたことがありませんでしたが、希里という子は一風物の見方が変わっているようです」

「変わっているというより、鏡のように在りのままを映すんだろう」

佳雨の酌で一杯目の盃《さかずき》を空け、ようやく気持ちも解《ほぐ》れてきたらしい。舌が滑らかになった久弥は、不思議な喩《たと》えを出してきた。

「鏡のように……ですか？」

「ああ」

おうむ返しに問う佳雨へ、彼はゆっくり頷いてみせる。

「俺は、希里と二人で『蜻蛉』の蔵へ閉じ込められたことがあっただろう？　あの時、いろいろ話をしたんだよ。故郷のこと、家族のこと、色街や……佳雨、おまえのこと」

「なんで、そこで俺が出てくるんですか」

「そりゃあ仕方がないさ。俺とあの子の共通の話題といったら、おまえくらいなんだから」

「それは……まぁ、そうですけど……」

理屈はわかってても、与《あずか》り知らぬところで噂《うわさ》をされるなんて心穏やかではない話だ。憮然《ぶぜん》とする佳雨の機嫌を取るように、久弥はにっこり微笑みかけてきた。

「反抗的な態度とは裏腹に、彼はおまえが嫌いではなかったようだよ。俺がどれだけ佳雨に惚れているか、と真面目に話したら〝バッカじゃねぇの〟と言われたけれどね」

「若旦那……」

「ん？」

「あんな小さな子に、何を話してるんですか。俺でもバカと言いますよ」

「手厳しいなぁ」

羞恥《しゅうち》を悟られまいと放つ毒舌を、彼は軽やかに受け流す。

「だが、本当に希里の素直な目と言葉には力があるよ。こちらを、一瞬ハッとさせるものがある。我々が心のどこかで知らぬふりを決め込んだ真実を、あの子が歪《ゆが》めず映し取って言葉にするせいだろうな。佳雨、おまえだって冷や汗が出たと言ったじゃないか」

「俺の胸に、希里が言ったような気持ちがあったから、と仰《おっしゃ》りたいんですか？」

「〝若旦那とは商売抜き。それでも花魁姿で会わなきゃならないのか〟――どうだ？」

「……意地悪ですね」

答えられないと知っているくせに、わざわざ久弥は尋ねてくる。佳雨は手にした銚子《ちょうし》を足付きの膳《ぜん》の上へ戻すと、恨めしげな目つきで見返した。

「まぁ、そう拗《す》ねるな」

もとから手酌の方が好きな久弥は、視線を絡めながらクイと二杯目を空ける。

「今夜は、また一層艶やかな装いだね。芙蓉の華やかさを帯の山百合が可愛く彩って、そのくせ地が浅紫だからうるさくない。百合の柄はあまり見かけないが、最近は流行《はや》っているのかい？　それとも、柄から作らせたのかな？」

「映える花ですから、いずれ着物の文様でも定番になりますよ。……なんて、これは出入りの一ノ蔵《いちのくら》さんの受け売りですが。ええ、若旦那が仰る通り、仕上がりに半年待ちました」

「その甲斐はある。おまえの涼しげな風情に、ちょっと色を差したようだ」

「そんな……」

「だが、まだ帯がこなれていない。察するところ、下ろしたてだね？　これは、俺のために用意してくれたと自惚《うぬぼ》れてもいいのかな」

さすがに目敏《めざと》い、と嘆息し、佳雨は控えめに「はい」と頷いた。手の内を全て読まれるなんて、どうにも決まりが悪くてしようがない。裏看板の己を愛してほしい、なんてうそぶいておきながら、こんなにボロが出るようでは情けないったらなかった。

「佳雨……」

機嫌を取られていたはずが、いつの間にか身の置き所がなくなっている。久弥のために着替えたのは事実だが、自分がどれだけ彼の登楼を待っていたか、着物一枚であっさり吐露してしまった。その迂闊《うかつ》さが恥ずかしく、久弥が負担に思わなければいいが、と思う。

「佳雨、顔を上げてくれないか。浮かれてつい野暮なことを言った。許してくれるかい？」

「そういうわけじゃありませんが……」

「どうせ仕立てるなら、俺にねだれば良かったのに。また、おまえに貢ぎ損なったと少々意地悪な気分になったんだよ。そう怒るな」

「そんな……そんな風に言われては困ります」

「困る？　どうして？」

「……拗ねたりできなくなるじゃありませんか」

口の中で呟かれた言葉は、消え入りそうなほど小さかった。けれど、久弥の耳へはしっかり届いたようで、おもむろに肩を抱き寄せられる。不意を衝《つ》かれて無防備なまま、佳雨は相手の胸へ倒れこむ形になった。

「若旦那、膳を倒してしまいます」

「なかなか来られなくて悪かった。淋《さび》しかっただろう？」

「…………」

「俺は、淋しかったよ。この十日間、おまえの顔をずっと脳裏に思い浮かべていた」

佳雨の耳たぶを囁きで湿らせ、久弥は熱っぽい声を出す。馴染みになって半年以上、指一本触れてはこなかったくせに、今ではほんの十日の別離さえ耐えられないなんて、と憎まれ口を返したかった。だが唇は強張ったまま、佳雨は所在なくまた俯《うつむ》く。その顎《あご》へ久弥の右手がそっと伸ばされ、ゆっくりと上向かせられた。

「若旦那……」

瞳の微熱が、絡まり合う。

久弥の指が髪を梳《す》き、溜め息が頬へ降りかかる。

「そんなに見るな。どうにも気恥ずかしい」

「え……」

「久しぶりな上に、今夜はおまえの部屋じゃない。なんだかそわそわするよ」

「そうですか？　ちっとも照れているようには見えませんが？」

「見栄を張っているんだよ。おまえと同じに」

言うが早いか、無駄話は終わりとばかりに口づけられる。柔らかな唇が押し付けられ、たちまち佳雨の全身に火が灯《とも》った。喉《のど》を鳴らして僅かに開くと、優しく舌が侵入する。ああ、と胸で感激の声を上げ、導かれるままに愛撫《あいぶ》を受け入れた。

「……う……ふっ……」

幾度も吸われ、舌でねぶられると、吐息まで淫《みだ》らに染まっていく。疼《うず》きだす欲望を知られるのが怖くて、佳雨は微《かす》かに身を捩《よじ》り逃れようとした。だが、久弥は更にしっかりと抱き締め、少しの隙間もないほど身体を寄せてくる。

「逃げるな」

喘《あえ》ぐような囁きが、くらりと官能の目眩《めまい》を呼び起こした。

「佳雨、愛している」

「若旦那……」

再び、唇を塞《ふさ》がれる。まるで、息をするように口づけがくり返された。交わる唾液《だえき》を飲み込むたび、鼓動の甘さが増していく。

接吻《せっぷん》の合間に久弥が瞳を覗《のぞ》き込み、微笑んでくれるのが嬉しくてたまらなかった。

「俺も……愛しています。あんたを心の底から……」

「佳雨……」

「十日おいでにならなくたって、以前なら我慢ができたのに。来てくださるだけで満足していた、そんな初心な頃はとっくに過ぎてしまいました。これから、俺はどうなるんでしょうか。一日も離れられなくなったら、と思うと怖くなります」

「そうしたら、俺も『翠雨楼』へ住むかな」

冗談めかしてそう呟き、久弥は右目の端へ唇を寄せる。

「間夫を部屋へ住まわせて、客を取る遊女もいないわけじゃない。だが、相手がおまえとなると難しそうだ。楼主が許すはずもないからな」

「それ以前に、若旦那だってその気もないでしょう。俗っぽい戯《たわむ》れを口にして、俺を混乱させないでくださいな」

「へぇ、混乱したのか。ちょっとは真に受けたってことかな？」

「そりゃ……」

揶揄された勢いで、思わず口が滑りそうになった。佳雨は慌てて唇を閉じ、久弥からぎこちなく視線を外す。朝も夜も一緒にいたい、というのは紛れもない本音ではあるが、それを望める立場ではないことも充分わかっていた。

「もう少し……」

「え？」

おずおずと漏らした言葉に、久弥が怪訝《けげん》そうな声を出す。佳雨は小さく深呼吸をし、なんとか笑んでみせることに成功した。

「もう少しマシな冗談なら、こっちも乗せられてあげるんですけどね」

「…………」

「だけど、やっぱり駄目だ。四六時中あんたといたら、気もそぞろで商売に集中できなくなるのが目に見えるようだ。まだまだ脇が甘いんでしょうね。間夫を囲っている姐さん方の根性を、俺ももっと見習わなけりゃならないな」

強がりを口にしたら、少しずつ元気が戻ってきた。佳雨はふっと息を吐き、一度逃れた身体へ自ら猫のように擦り寄っていく。そのまま久弥の左肩に額をくっつけ、膝の上に置かれた彼の指へ自分の指をゆっくりと絡めた。

「でも、恨みごとくらい言わせてくださいな」

「恨みごと？」

「十日も放っておくから、朝顔がみんな開いちまいました。最初の蕾が咲くところ、一緒に見ようと待っていたんですよ？」

「そうか……」

悪かった、と呟き、久弥が指を強く握り返してくる。それだけで、憂いはすっかり霧散していた。佳雨は思わせぶりに顔を上げ、今度は本心から笑顔を作る。ホッと安堵する表情を見て、愛する男を苛《いじ》めるのは、なんだかくすぐったいものだな、と思った。

「床へ行こうか」

久弥が、ほろりと口説《くど》いてくる。

軽い酩酊《めいてい》にも似た心地よい声音に、指先まで熱くなるようだった。

実はね、と布団の中で久弥が口火を切った。

彼の腕枕で寄り添っていた佳雨は、甘い余韻に浸る眼差しを物憂げに向ける。

「この十日間、思わぬ仕事のせいで身動きが取れなかったんだ。加えてなんだかんだ雑用も多くて、久しぶりに気持ちがへとへとになった。手紙の一通でも届ければ良かったが、そんな余裕もないほどバタバタと慌ただしかったんだ」

「もう落ち着かれたんですか？」

「おや？　声が掠れているぞ」

「嫌な人ですね」

赤くなって睨《にら》みつけたが、迫力など少しも出ない。久弥は穏やかに笑うと、宝物を慈しむように触れる程度の口づけをしてくれた。

（若旦那……）

会えなかった分を埋める激しさで、今日の久弥は念入りに隅々まで愛してくれた。この後のお客をどうしよう、と本気で思うほど、佳雨の全身は蕩《とろ》けている。早い時間に登楼する時は久弥もそれなりに加減してくれるのが常だが、今回ばかりは理性が利かなかったようだ。

(ああ、でもそれは俺も同じだ。意識が霞《かす》んで何も考えられなかった)

肌に刻まれた記憶は、情事の熱で塗り替えられていた。佳雨は幾度も声を溢《あふ》れさせ、限界まで快感を引きずり出されて啜り泣く。絶頂を極め、虚《うつ》ろになる身体をまた貫かれると、果てることのない情欲が新たな火照りを生んでいった。

そうして、もとから一つの生き物だったかのように、久弥と何度も溶け合い交じり合った。不安も強がりもどこかへ消えて、愛する人に抱かれる喜びだけが佳雨を支配する。一時のことわかってはいても、永遠へと繋《つな》がる幸福なので悲しくはなかった。

「佳雨、時に鍋島様は最近ここへ来られたかい?」

「え、鍋島様ですか」

申し訳なさそうに、けれど明らかに何かの目的をもって久弥が訊《き》いてくる。

佳雨の水揚げ相手であり、最上の馴染み客でもある義重は、鍋島子爵の長男で近い将来に爵位を継ぐと目される人物だった。現在は系列の銀行で副頭取を務めているが、私生活では名の通った趣味人で、男花魁に興味を示したのも初めはほんの気まぐれだったらしい。

「そうですね……一番最近だと、先週の半ばくらいにいらっしゃいましたよ」

「先週の半ばか。何か、普段とは違う話をしたりはしなかったか?」

「普段と違う話……」

「たとえば、収集した骨董のこととか家族の話とか。確か、あの人は自分のことに関して、あまり話したりはされなかったよな」

「ええ。とにかく俗っぽいことや無粋を嫌うお方ですから。戯れに語ることはあっても、ごくごく稀です。骨董に関しては俺へいろいろ教えてはくださいますが、ご自分の所蔵品についてはあまり触れられませんし」

「まぁ、そうだろうな」

安堵と落胆、その両方を顔に浮かべる様を見て、佳雨は奇妙な印象を受けた。義重と久弥は家同士の付き合いが百年を超す間柄で、その縁で久弥の叔母《おば》は鍋島家の分家へ嫁いだりもしている。しかし、現在は佳雨を巡って微妙な関係になっているせいか、互いに意識はするものの表面的には無関心を装う、という状態が続いていた。

「佳雨、『百目鬼堂』の蔵から盗まれた骨董、あと幾つ残っているか覚えているかい?」

「え……?」

「俺が回収に努めているせいで、おまえには何度か巻き添えを食らわせてしまった。以前も話したが、あれらは人を魅了して運命を狂わせる。強い欲望を押し殺したり、長い年月に我慢を重ねてきた者には特に効果てきめんだ。だからこそ、世間へ出さないよう親父も蔵へしまいこんでいたんだが、どういうわけか色街やおまえの周囲によく出没する」

「確か、残りは二つでしたよね。鏡と茶碗。違いましたか?」

「その通り。おまえは賢くて助かるよ」

寝物語にする話題でもないと苦笑し、久弥は未練がましく起き上がる。佳雨も緋襦袢の乱れを手早く直し、急いで彼へ倣った。どのみち、夜も更けてきた。そろそろ、馴染み客からの声がかかる頃合いだ。

「希里を呼ぶか？　俺も着付けの心得くらいあるが、何かコツがいるんだろう？」

「大丈夫です。時間は余計に食いますが、俺は男ですからね。若い衆の力を借りずとも、これくらいの帯なら一人で結べます」

本来、花魁は客と閨《ねや》を共にしてもほとんど肌は見せない。前戯どころか客が着物に手をかけることさえ御法度《ごはっと》だし、帯まで解くなんてありえなかった。目的は一つなのだから、それさえ果たせれば問題はないのだ。娼妓の方であれこれ技法を駆使し、手っ取り早く客をその気にさせることが肝要だった。

だが、やはり久弥だけは特別だ。

金こそ介在しているが、抱きあう行為は恋人同士のそれと何も変わらない。佳雨を芯から悦《よろこ》ばせ、感じさせることが、久弥の満足に繋がっていた。

「じゃあ、残念だが話を戻そう。あまり時間もないようだし」

自分も身支度を整えながら、久弥は続きを口にする。

「実はね、ずっと行方を追っていた鏡なんだが、どうも鍋島様の手元にあるようなんだ」

「そんなバカな」

　反射的に、佳雨はそう言ってしまった。義重は骨董に目がなく、焼き物から刀剣、漆器にガラスと幅広く収集しているが、間違っても盗品に手を出す男ではない。貴族らしく少々浮世離れした性格ではあるが、誇りにかけてもそんな真似はしないだろう。

「鍋島様は、『百目鬼堂』の蔵から五つの骨董が消えたことを御存じです。まして、若旦那とは日頃から骨董の売買でお付き合いもあるのに、そんなこと……」

「だが、一口に鏡と言っても千差万別だ。彼は盗まれた鏡がどんな細工か知らないし、盗品だとは思わずに買ったのかもしれない」

「…………」

「消えた品々は、いずれも曰《いわ》くが付いている。五つのうち三つまではもうこの世にないが、それだって魅入られた人々が起こした事件とあながち無関係でもない。もし鍋島様の様子におかしなところがあったら……そう思って、おまえに尋ねたんだ」

　佳雨が庇《かば》ったのが面白くなかったのか、久弥は素っ気なく言い返した。僅かに拗ねたような横顔が、佳雨の目にはとても愛おしく映る。

「もし、あの方が鏡を所持されているとしても、きっと魅入られたりはしませんよ」

　友禅をあられもなく羽織った姿で、佳雨はあっさりと言った。そのまま久弥へ近づき、シャツの襟元《えりもと》へ両手を伸ばす。彼の手からネクタイを取り、手慣れた様子で締めてあげると、久弥は子どもっぽく嫉妬《しっと》した己を恥じるように苦笑いをした。

「そうだな、本当は俺もそう思う」

「え？」

「鍋島様だよ。彼には、魅入られる要素がない。でも、鏡を所持している可能性は高い」

「若旦那……」

「だからといって、佳雨は何もするんじゃないぞ」

お返しとばかりに友禅の襟へ指を走らせ、久弥がそっと重ね合わせる。その手へ自分の右手を添え、もう一度脱がせてほしいと心の中で願いながら、佳雨は静かに久弥の指を襟から引き離した。

「約束しただろう？　危ないことはしない、事件には首を突っ込まない——いいね？」

「はい、わかってますよ」

「じゃあ、指きりだ」

あっと思う間もなく小指を搦《から》め捕られ、無邪気に誓いを立てさせられる。楽しげな久弥の様子につられて笑みが零れ、二人は「指きりげんまん」と声を揃えた。

『翠雨楼』には、現在男花魁が二人いる。

一人が佳雨、そうしてもう一人は昨年末に突出しを済ませたばかりの梓だ。十七歳になったばかりの彼は二年間佳雨の振袖新造として働き、廓に生きるいろはを全て教わった。元は裕福な薬問屋の息子だったが、父親が借金を作って店を潰《つぶ》してしまい、売られそうになった妹の身代わりで遊郭へ来たのだ。

しかし、生来の明るい気質と育ちの良さが幸いし、男花魁となった今では佳雨に次いで人気者となっている。少年らしい清潔感と天然ともいえる愛らしさが、甘い美貌に映えて西洋の人形のようだと評判を取っていた。

「あ〜あ。つまんない、つまんない」

座り机に向かって両手で頬杖《ほおづえ》を突き、誰に言うともなく独り言を漏らす。今夜は約束のあるお馴染みが一人来るだけで、他の客は取らなくていいと楼主に言われていた。女なら水揚げ後は一回でも多く男と寝させられ、その身体や心に己が遊女だという事実を嫌というほど叩《たた》き込まれるのだが、男の梓にはもともと負担の大きい行為だ。佳雨のように廓育ちで睦《むつ》み事の要領を心得ているならいざ知らず、無茶をしてもしものことがあっては大損と、嘉一郎は慎重に売り出しているのだった。

「昨日も今日も手紙がなかった。蒼悟《そうご》さん、僕のこと忘れちゃったのかな」

そんなことはない、と思っていても、つい愚痴を言いたくなってしまう。

蒼悟というのは、何を隠そう梓の水揚げを務めた相手だ。名を夏目《なつめ》蒼悟といい、佳雨の馴染みである義重が若い頃に作った外腹の子だった。認知はされているので嫡男として扱われてはいるが、屋敷へ同居はせずに貧乏長屋で一人暮らしを続けている。

「それとも、ヴァイオリンのお稽古《けいこ》が大変なのかな……」

正座した裸足《はだし》の指が、不安を語るかのようにもぞもぞと動く。綺麗な着物で着飾られ、花魁として立派な二間続きの部屋をあてがわれても、梓の気持ちは少しも浮き立たなかった。

「佳雨さんだったら、〝贅沢《ぜいたく》言ってるんじゃないよ〟って怒るだろうけど」

それでも、明日を生き抜こうと思うには蒼悟の手紙が必要だ。突出しを終えた頃こそ無我夢中でいたが、男の自分が女の着物を纏い、二回りも三回りも年上の同じ男から愛玩物《あいがんぶつ》のように見られることが日を追って苦痛になっている。佳雨の世話をしていた頃は、凛とした彼の立ち居振る舞いを見るだけで幸せで、並んで恥ずかしくない男花魁にならなきゃ、と思っていたものだが、心意気だけではどうにもならないと痛感する毎日だった。

「僕には、とても佳雨さんのような生き方はできないや。若旦那と好き合ってるのに、お金を出して身請けしてもらうことの何が嫌なんだろ」

心酔している佳雨には、誰より幸せになってほしい。けれど、彼は決して恋人に己《おの》が自由を買ってもらおうとはしなかった。苦界へ身を投じたのも他の遊女たちのような貧しさや借金が直接の理由ではないので、娼妓の中ではずいぶん変わり種なのだ。

でも、と梓は溜め息をついた。

自分は、佳雨のように強くはなれない。その証拠に、「いつか迎えに来る」と言った蒼悟の言葉を唯一の拠《よ》り所にしている。蒼悟は鍋島家とは実質関わっていないので、自分の稼ぎのみで梓の身請けをしようと日々働いているのだ。

何年かかるか、本当にその日がやってくるのか、それは誰にもわからない。

だからこそ、蒼悟が週に一度は書いて寄こす手紙が梓の宝物だった。

「前のように病気で寝込んでいるとか、そんなんじゃないといいんだけど……」

一度、手紙がぱたりと届かなくなったことがある。梓は、その段になって初めて自分の中に蒼悟が居場所を得ている事実に気がついた。

身体を重ねたのは水揚げの一晩だけ。こちらからは何の約束も、甘い言葉も彼へ贈ってはいない。けれど、蒼悟は迎えに来ると言う。梓を自分のものにするためではなく、大門の外で生きていかせるために。聞いた時にはとんでもないお人好《ひとよ》しだと呆れたが、いつしか蒼悟は大切な人になっていた。

「花魁、東郷《とうごう》様がお見えです。『桜の間』までお願いします」

「あ……はい」

障子越しに、廊下から廓の雑用をこなす喜助が客の来訪を告げに来る。梓はたちまち現実へ引き戻され、憂鬱な気持ちで立ち上がった。

「明日も音沙汰なしだったら、絶対に文句を言ってやる」

自分は一通すら返事を出したことがないくせに、そんな呟きを漏らして机の上を睨みつける。放り出された白い便箋《びんせん》にはただ一文字、「蒼悟さん」とだけ書かれていた。


あと七年——先日、嘉一郎から言われた言葉が、佳雨の心からずっと離れない。

久弥の前では憂いを見せたくなくて、久しぶりの逢瀬に夢中になることでどうにかやり過ごすことができた。けれど、一人になるとどうしても考えずにはいられない。

久弥は、それまで自分を待っていてくれるだろうか。

(いや、そうじゃない。俺が本当に心配しているのは……)

深夜も二時を回った頃、ようやく『翠雨楼』にも夜が訪れる。最後の客を見送り、自分の部屋へ戻った佳雨は、寝間着の浴衣《ゆかた》に着替えてボンヤリと布団の上へ座り込んでいた。

室内は、枕元に置いた電気スタンドの淡い光だけに照らされている。以前、久弥が海外の知人に頼んで贈ってくれたものだ。彼が一年ほど留学していた倫敦《ロンドン》から来たと聞き、自分の知らない世界を少しだけ久弥と共有できたようで嬉しかった。

(若旦那は、きっと〝待つ〟と言ってくださるだろう。あの方が誓ってくださった真《まこと》は、疑

う余地もないほど確かなものだ。俺は、若旦那を信じている）

けれど、とそこで胸が重たくなる。

七年と一口で言うが、今の自分には気の遠くなるような時間だ。年季が明けた頃には二十代も終わりに近づき、きっと容色だって衰えているに違いない。どんなに最善を尽くしたところで、廓の生活が心身に影響を与えないわけがない。

（遊女には、三十を超えた者だってそれなりにいる。でも、年を食った男花魁なんて誰が喜ぶだろう。もともと、無理に無理を重ねてこさえたのが俺たちだ。歌舞伎役者じゃあるまいし、年を重ねて出る円熟味なんざ、廓の客が望むものじゃない）

佳雨は、己の美貌に誇りを持っていた。子どもの頃、目立ちすぎる容姿は煩わしさを呼ぶばかりで辟易《へきえき》していたが、当時帝大生だった久弥がたった一言褒めてくれただけで、それは佳雨の武器となったからだ。

だが、人はいつか年を取るし、永遠に美しさを留《とど》めてはおけない。久弥が外見だけで惚れてくれたとは思わないが、先のことを考えれば自然と引け目は感じてしまう。

（でも、そんなことはまだ先だ。人として、若旦那の側《そば》で生きても許されるよう、自分を磨いていくことはできる。一番問題なのは、そんなことじゃあない）

藍に染めた朝顔の柄は、久弥と朝寝をするために用意した浴衣だ。それを一人寝の夜に下ろし、未来を案じて浮かぬ顔をしている自分が情けなかった。

七年間、久弥を待たせてしまう。

具体的な数字が刻まれた途端、佳雨はさんざんに心を乱した。彼が待っていると信じられるからこそ、生まれてしまう罪悪感。己の矜持と意地だけで、その年月を無駄に過ごさせてもいいのだろうか。挙句に人から後ろ指を差され、容色衰えた元娼妓と暮らすなんて、そんな人生を『百目鬼堂』の主人である久弥に味わわせて構わないのか。

これまで幾度も逡巡《しゅんじゅん》し、ためらいを感じるたびに答えを出してきた。この恋は諦めない、決して自分から捨てたりはしない――と。だから、久弥が愛してくれる限り一人で結論を出し、身を引くような真似はしないと決めた。それでも、やはり罪悪感は拭《ぬぐ》い去れない。

(考えたってどうしようもないことなのに……)

自分にできることは、一日も早く借金を返すことだ。死ぬ気で頑張れば、七年が六年になるかもしれない。大門を出て、己の足で生きていくのは、久弥との恋を全うするのとはまた別の佳雨の目標だった。そうしなければ、久弥と生きていく資格はない気がする。自分が決めて飛び込んだ苦界から、他人の金で逃げだすなんてやはりできなかった。

(だって、身なりはどうでもやっぱり俺は男だ。若旦那の家族になることも、子どもを作ることもできやしない。何一つ与えることができないなら、せめて負担にはなりたくない)

罪悪感と恋心の狭間《はざま》で、佳雨は二つに引き裂かれそうだ。久弥は何も言わないが、彼もまた「身請けはしない」と決めたことで眠れない夜はあるだろう。

だけど、互いに踏み出してしまった。

苦しむと承知の上で、想いを交わしてしまったのだ。

せめて心だけでも曇らないよう、努めていくしかないのかもしれない。

（そういえば、この間の若旦那は少々おかしなことを言っていたな）

ふと、久弥が気まずげに口にした義重の話が気にかかった。

（盗まれた鏡は、鍋島様が所蔵しているんじゃないかって話だったけど）

あまりに意外だったのでそちらばかりに気を取られていたが、「特におかしな言動はない」と答えた時、久弥は落胆する一方で安堵の表情も浮かべていたのだ。義重の身を案じ、鏡に魅入られたら一大事と思ったのだろうが、まだ鏡を取り戻したわけではないのだし、安堵するのもおかしな話だ。

（俺の考えすぎだろうか。でも、若旦那と鍋島様は何かと張り合っていらっしゃるし）

あの二人を見ていると、佳雨を挟んで対立している、というのは表向きで、本当は常々互いを負かしたい、と感じていたのではないかと勘繰りたくなる。年は四十になる義重の方が一回りちょっと上だが、子どもの頃から見知った仲だというのも無関係ではないだろう。

何にせよ、首尾よく鏡を取り戻せたらいいが、と佳雨は嘆息した。盗まれた骨董のうち、これまで行方が摑《つか》めた三品はいずれも割れたり燃えたりして、どれ一つまともな形で戻ってきたためしがないのだ。

（おまけに、必ずといっていいほど事件が起こるし）

危ない真似はしないと指きりさせられたので、もしまた物騒な出来事があっても、今度ばかりは佳雨も首を突っ込むわけにはいかない。せめて祈るくらいはいいだろうと、おもむろに立ち上がって神棚の方へ向き、目を閉じて丁寧に手を合わせた。

（どうか、若旦那の探す鏡が無事に手元へ戻りますように）

そうして、できれば誰も傷ついたり、危ない目に遭ったりはしませんように。

今までの悲しい事件を振り返り、佳雨はそう願わずにはいられなかった。

「おや、『翠雨楼』さんじゃありませんか。まぁ、今夜も佳雨花魁は艶やかなこと」

引手茶屋の『松葉屋』の廊下で、珍しく男花魁二人が鉢合わせとなる。先方の付き添いをしている年配の女性が、佳雨を見るなり値踏みするような目でお愛想を言ってきた。

色街に大小ひしめく揚屋や引手茶屋は、客が外聞を気にせず花魁遊びができる場所だ。遊郭へ出入りするのが憚られる者や、見染めた花魁とゆっくり顔合わせをしたい時などに利用するには打ってつけで、裏看板の立場上、普段は廓内で客をもてなす佳雨も週に一度くらいは呼ばれて出向くことがあった。

「何でも、今夜は議員の相楽《さがら》様がいらしているとか。もしやと思いましたが、やっぱり佳雨花魁のお客様でしたか。さすがに、名士揃いでいらっしゃいますこと」

「そちらこそ、大層な羽振りじゃありませんか。『瑞風館』さんの評判は、手前どももよぅく耳にしておりますよ。時に、銀花さん。そのお召物は……」

「あらあら、嫌ですよ、勘ぐっちゃ。うちの出入りは山もとですから。一ノ蔵さんとのお付き合いがないことくらい、先刻ご承知でしょうに」

「まぁ、妙な言い回しをなさいますねぇ。ただ、美しい染めですね、と申し上げたかっただけなんざんすよ。なんですか、今は薔薇《ばら》文様が流行りなんでしょうかね」

「うちの銀花花魁は、華やかな柄が殊の外よく似合いますもんでねぇ」

「ますます奇遇なこと。うちの佳雨花魁も、まず柄負けすることがないですからねぇ」

当《あ》て擦《こす》りにカチンときた遣り手のトキが応戦し、その場はたちまち嫌みの応酬となる。どちらも色街では名の知れた大見世なだけに、引くに引けなくなったようだ。一緒にいた希里はあまりの迫力に驚き、ポカンとその様子を眺めていた。

「やれやれ。打ち掛けの柄が同じ花だっただけで、よくまぁあそこまで口が回るもんだ」

見えない火花を散らす彼女たちに、『瑞風館』唯一の男花魁、銀花がくっくと喉を震わせて笑う。同年代の彼とは幼い頃、よく稽古場で一緒になったこともあり、友達とも競争相手とも呼べる間柄だった。

「佳雨、おまえんとこの人間は相変わらずいけ好かねぇな」

「見かけを綺麗に仕上げておいて、その口の利き方はどんなもんかな」

「うるせぇ。おい、ちょっと来い」

煩《うるさ》い付き添いがやり合っているのをこれ幸い、銀花がさりげなく目配せし、佳雨を廊下の端へと誘う。希里はまだトキたちの言い合いに夢中で、こちらに気づく様子はなかった。

「ふぅん……あれが、梓の後釜《あとがま》か。確か、秋田から来た子だろう？」

「さすが、地獄耳だね。どうだい、おまえから見て」

「ガキにゃ興味ねぇ。ま、生意気そうな面構えはしてるな」

素っ気ない一言であっさり片付け、銀花は癖のある笑みをニヤリと浮かべる。

ほんの時たま、色街の甘味屋で会ったりはしているが、昼間の銀花は大抵小ざっぱりとした男の恰好で現れる。長い髪は後ろで無造作に束ね、渋い地の粋な柄の着物に袖を通すと、どれだけ素人《しろうと》離れした美形であっても誰も彼を男花魁とは思わなかった。

(それが……化ければ化けるもんだ……)

あまりの変わりようは、肝の据わった佳雨をもってしても十二分に驚かされる。花魁姿の銀花とはここしばらく縁がなかったので、尚更《なおさら》新鮮な驚きだった。

艶《なま》めかしい漆黒に、大きく薔薇を染め上げた打ち掛けの文様。洋画風の図柄はとてもモダンで、普通の人間が羽織ったら確実に負けてしまうだろう。だが、きつい気性を表すはっきりした顔立ちの銀花が纏えば、薔薇ですら彼の引き立て役となった。

長い髪をゆるく結い上げ、巷《ちまた》の花魁同様に飾り簪《かんざし》を幾本も差し、婀娜めいた微笑は他人をわけもなくそわそわとさせる。勝気で口が悪く、ともすれば蓮《はす》っ葉な態度になりがちなところを、他に類のない魅力へすり替える――そんな荒業も銀花はお手の物だった。目力のある瞳は生命力に溢れ、どんな豪華な衣装に身を包もうと仕草はしなやかで閨の甘さを物語る。

(本当に、お見事というしかないね)

つくづく、自分とは対照的な男なのだ。

佳雨は感嘆の吐息を漏らし、ふと向こうも同じような目で自分を見ていることに気づく。銀花は銀花で、佳雨のたおやかさ、匂やかな美貌に心穏やかではないのだろう。幸い客の好みが被ることはなかったが、売れっ妓《こ》として同等の人気を誇るだけに、こうして花魁姿で対面すれば自然と張り合う気持ちも湧《わ》き起こる。おまけに、付き添いの遣り手婆《ばばあ》同士が対抗心を燃やしたように、今日の二人は揃って薔薇柄を選んでいたのだ。

「なぁ、佳雨」

不意に、悪戯めいた目つきで銀花が切り出した。

表情からろくでもない話だと察しをつけながら、佳雨は澄まして「なんだい」と答える。

「おまえ、悠長に立ち話なんかしていていいのかい？　稼ぎがそれだけ落ちるだろう？」

「ふん。花魁は客を待たせてナンボだ。待ってました、とばかりにホイホイ駆けつけるバカ

がどこにいる。そういうのは、これぞという客を落としたい時に使えばいいのさ」

「それもそうだ」

珍しく意見が一致し、二人は軽く含み笑いをした。だが、すぐに銀花は真面目な顔を取り戻し、一段声を低めて佳雨へ耳打ちをする。

「『百目鬼堂』の若旦那、見合いをするらしいな？」

「え？」

あまりに突拍子もなかったせいか、らしくもなく間の抜けた声が出た。言葉の意味を呑《の》みこむ前に、銀花はやや語気を強めてくり返す。

「やっぱり知らなかったか。だが、こいつは確かな情報だぜ。おめぇの恋しい若旦那は、どこぞの家柄のいい令嬢ともうじき見合いをするんだとよ」

「…………」

久弥が、見合いをする。

言われるまでもなく、そんなのは初耳だった。

「それ……本当の話かい……？」

「嘘を言ってどうすんだよ。俺も、つい先日耳にしたばかりだけどな。まぁ、ここで顔を合わせたのも何かの縁だ。神様が、おまえに教えてやれって言ってんだろうよ」

「銀花……」

その声には、なんの感情も含まれてはいない。同情も憐れみも、ましてや形ばかりの慰めも。ただ淡々と無機質に、銀花は事実だけを述べていた。

「佳雨、てめぇの禿が見てるぞ。気を引き締めろ」

「え、あ……」

動揺のあまり足元がふらつく思いだったが、その言葉でかろうじて我に返る。銀花が言った通りいつの間にか希里が目の前に立ち、心配そうな様子でこちらを見上げていた。大きな黒目が鏡のようだと、言った久弥の面影が瞼《まぶた》へ蘇《よみがえ》る。それなら、希里は開口一番何を言うだろうか。佳雨は、聞くのが恐ろしくなった。

――だが。

「佳雨、クソ婆が呼んでるぞ」

「え……」

「早く御座敷へ行かないとってさ。ギインのナントカがお待ちかねだって」

「希里……」

いっきに高まった緊張が、ゆるゆると解けていく。不覚にも佳雨は涙ぐみそうになり、慌てて気持ちを立て直した。希里は聡い子だから、きっと今の会話を理解している。その上で、何も聞かなかった振りをしてくれたのだ。

(若旦那が……お見合い……)

その可能性は、一度も考えなかったわけではなかった。

久弥は『百目鬼堂』の主人なので、次の世代へ暖簾《のれん》を継いでいく責任がある。そのためには妻が必要だし、ゆくゆくは子どもだって作らねばならないだろう。商売的にも身を固めていた方が外聞がいいし、いつ縁談が持ち込まれてもおかしくはなかった。

(俺は、自分からは恋を捨てないと誓った。その気持ちに嘘はないけれど……)

キュッと唇を噛み、騒ぐ鼓動を鎮めねばと己へ必死に言い聞かせる。

もし、やむを得ない事情ができて久弥が「別れてくれ」と望むなら、その言葉に従う覚悟はできていた。久弥は、自分を深く愛してくれている。その彼が言うからには、生半可《なまはんか》な決意ではないと思うからだ。

(だって俺には……若旦那へ差し上げられるものが一つもない……)

いつか、大門を出たら二人で寄り添い合って生きていきたい、と願っていた。

だが、その夢が叶わないであろう予感もずっと胸から消えてはくれない。まして、佳雨が自由になるにはあと七年の歳月がかかる。久弥に良い縁談が来て、彼が苦渋の決断をしたとしても責められない年月だ。

(いや、若旦那が縁切りを言いだすならまだいい。もしも、俺と縁談の板挟みで苦しむようなことになったら……俺は、その方がずっと怖い)

綺麗事など、一文の得にもならない世界で佳雨は生きてきた。そんな自分でも、久弥の重荷になるくらいなら捨てられた方がいい、と本気で思う。お涙頂戴《ちょうだい》の安っぽい芝居かと銀花あたりは揶揄するだろうが、己の綺麗な部分は全て久弥のために使うと決めている。

「佳雨、ほら行こう？」

打ち掛けの袂《たもと》を摘《つま》んで、希里が軽く引っ張った。トキはまだ二言三言、銀花の付き添いと言い合っているが、さすがにこちらの動向は気にしているようだ。頭と心の半分が失われた状態で、佳雨はなんとか微笑を取り繕った。

「おいおい、佳雨。おまえんとこの禿は、姐女郎を呼び捨てか？」

「うるせぇよ、男女《おとこおんな》！」

「な……ッ」

すかさず怒鳴り返されて、さしもの銀花も目を白黒させている。佳雨は急いで希里を窘めようとしたが、喉がからからに渇いて声を出す力もなくなっていた。

「なんだい、うちの花魁と同じ柄なんか着やがって。おまえなんかより、佳雨の方がずっと綺麗だぞ。夏場に黒なんか、暑苦しいだけじゃないか。見ろ、佳雨は空色だ。空色は、一番流行ってる色なんだからなっ」

「…………」

希里の剣幕に、何事かと二人の遣り手婆がやってくる。どんな理由があれ、禿が花魁へ意見するなんてとんでもないことだった。遊女同士の喧嘩《けんか》は日常茶飯事だが、希里と銀花では身分が違いすぎる。まして、銀花はよその見世の裏看板だ。

「おまえはっ！」

トキは血相を変え、希里を叩こうと右手を振り上げた。間一髪、佳雨がその手を摑み「いけない」と無言で首を振る。だが、希里は少しも怯《ひる》むことなく銀花を睨み続けていた。まるで、主人を侮辱した相手に威嚇する子犬のようだ。

「銀花、すまないがここは俺に免じて許しちゃくれないか。希里には、後でうんと言って聞かせるから。トキさんも、人目があるし手を下ろしておくれ」

「……ったく」

チッ、と銀花が舌打ちをする。

艶やかな外見には不似合いだが、不思議と様になっていた。

「金魚の次は犬かよ。佳雨、おまえの弟分はどいつもこいつも扱いづれぇな」

「銀花……」

「あ～あ、貧乏くじだな。俺は、親切心で教えてやっただけじゃねぇか」

気が抜けたように息を吐き、銀花はくるりと一同へ背を向ける。そのまま立ち去るかと思われたが、抜きの深い襟から色っぽくうなじを覗かせ、彼は肩越しにゆっくり振り返った。

「佳雨、引き際を見誤るなよ？」

残酷な捨て台詞が、花魁仕様の柔らかな声色で発せられる。

先刻までの雑な印象が一瞬で消え、咲きたての大輪の薔薇のように、銀花は妖しく笑んで自分の座敷へ歩いて行った。


「花魁、ちょいと花魁」

耳元で、こそっとトキが注意する。

「無理にお愛想振りまく必要はありませんけどね、流し目くらい送るもんですよ」

「え……？」

「え、じゃありませんよ。相楽様、先ほどから何かと話しかけてるじゃありませんか」

そう言われて、ようやく向かい側の視線に気づく。馴染みの上客、貿易会社社長の村岡《むらおか》の隣には衆議院議員の相楽という新しい客が座っていた。かねてより村岡から佳雨の評判を耳にしていたので、今夜はようやく念願叶ったと満足げに話している。多忙なため予定がなかなか揃わず苦労した、という話に、座敷へ呼ばれた芸者が何やら笑顔で答えていた。

「佳雨花魁は、芸事に秀でてましてね。特に、私は彼の三線《さんせん》が好きなんですよ。音色が澄んでいて凛と響く、その余韻のもたせ方がなんとも言えません」

「ほうほう、耳の肥えた村岡さんが仰るなら、それは相当なものですな」

「なんでしたら、ちょっと披露してもらいましょうか。佳雨、どうだい。ここは私の顔を立てて、特別に何か相楽様のために鳴らしちゃもらえないかね」

「…………」

「佳雨？　どうしたね？」

「まぁ、なんですか。今夜の花魁は、柄にもなく緊張しているようですよ。何しろ、御立派な紳士がお二人も揃っておりますからねぇ」

心ここにあらずな佳雨に代わり、トキが急いで口を挟む。わざとらしく張り上げた声に、村岡たちは少々鼻白んだようだった。いけない、と気を引き締め直し、佳雨はにこりと微笑もうとする。けれど、自分でも唇が引きつるのがわかり、中途半端な微笑は却って場を白けさせるばかりだった。

（ああ、駄目だ。しっかりしないと。今は大切なお客様の前なんだから……！）

花魁装束で座敷へ上がっておきながら、我を忘れるなんて未だかつて経験がない。どんなに心が沈もうとそれを人前で出したら恥だと思っていたし、左右されない強さも身につけていると自惚れていた。

それが――どうしたことか、少しも身が入らない。

トキの言葉も客の声も、きちんと耳には届いている。だが、何を話し、望まれているのかさっぱり見当がつかなかった。まるで一人だけ水槽に閉じ込められたように、違う世界から覗かれている気がする。おまけに、頭の中では銀花の放り投げた言葉がぶつかり、あちこちに乱反射している状態が続いていた。

(若旦那がお見合い……そんなこと、この前は一言も教えてくださらなかった)

銀花の耳に届くくらいなら、きっと前から話は出ていたはずだ。もしかしたら、廓から足が遠のいていた時に正式に話が決まったのかもしれない。何も知らされなかった事実と、言えなかった久弥の心を思うと、どうしても意識がそこに留まってしまう。

(わかっていた、覚悟はしていた。だけど、こんなに早く……)

想いを交わして、まだやっと一年だ。それでも奇跡だとは思うけれど、やはり欲は出てきてしまう。そんな己の甘さを嘲笑《あざわら》うかのように、久弥の縁談が胸を塞いでいた。

「……花魁」

さすがに、トキの声に苛立《いらだ》ちが混じり始めた。芸者から渡された三味線を、彼女がグイと差し出してくる。有無を言わさぬ調子に虚ろなまま一度は受け取ったものの、撥《ばち》を構えることさえ儘《まま》ならない。なかなか唄わない三味の音に村岡と相楽が顔を見合わせ、互いに戸惑った視線を交えるのが目に映った。

「あの、申し訳ありません……」

手が小刻みに震え、どうしても絃《げん》を鳴らすことなどできそうもない。

とうとう佳雨は撥を外し、三味線を畳へ戻してしまった。

「愛用の撥を、置いてきてしまいました。あれでないと、上手く弾けそうもありません」

「花魁……」

「今夜のところは、御容赦ください」

堪忍してください、とばかりに頭を下げる。その態度にも、また一同はどよめいた。何があろうと初回の客を相手に花魁が頭を下げるなど、自らの格を落とす行為に他ならない。容易くなびかない高嶺《たかね》の花、手折り難い誇り高さこそが花魁の価値なのだ。

「いやいや、これは……その、まいりましたな……」

紹介した手前、村岡はなんとか場を取り成そうと口を開いたが、相楽はすっかり不機嫌になってしまった。トキが懸命に言い訳をし、幇間《ほうかん》や芸者をせっついて取り繕おうとする。そのただ中にあって、佳雨はひたすら打ちひしがれるばかりだった。

（ああ、俺は何をやっているんだろう。なんのために、今日まで意地を張り通して生きてきたのかわからない。たった一言、胸に刺さっただけでこんなに無様になるなんて……）

こんなのは自分じゃない。そう否定したかったが、このみっともない姿は紛れもなく己に違いなかった。今すぐ出ていきたい衝動を必死で堪え、ふと座敷の隅に視線を移す。

そこに、希里がいた。

畏まって正座したまま、希里が真っ直ぐこちらを見ている。

不思議とその表情は、これまで見たどんな顔よりも大人びていた。

（希里……──）

ようやく、僅かながら気力を取り戻す。あの子の真摯《しんし》な瞳に、これ以上の醜態を映してはならないと思った。希里の生きる道の先に、翳《かげ》りや染みを見せるのはまだ早い。

佳雨はなけなしの気力を振り絞り、注がれる失意と落胆の視線に必死で耐え続けた。

衝撃の冷めやらない佳雨を更に打ちのめしたのは、翌日の嘉一郎の一言だった。

「え……お父さん、今なんて……」

「ああ、何度だって言ってやる。百目鬼の若旦那にゃ、しばらく『翠雨楼』への出入りを遠慮してもらう。その旨、トキやうちの若い衆にも伝えてあるからな。俺の許しがあるまで、若旦那にゃ一歩たりともうちの敷居は跨《また》がさねぇ」

「どうして……」

「どうして、だと？　おめぇ、自分の胸に手を当ててよっく考えてみろ」

「…………」

朝一番で楼主部屋まで呼び出しを受けたのは、もちろんお叱りを受けるためだとわかっていた。昨夜の『松葉屋』での失態は、言い訳の余地など欠片もない。

「多忙な村岡様がせっかく議員の相楽様をお連れになったというのに、おめぇはてんで上の空でまるきり生気がなかったって言うじゃねぇか。相楽様は〝噂に違《たが》わず美しいが、血の通わぬ人形のようで面白みがない〟と、ひどく落胆されていたそうだ。おめぇは上客を逃したばかりじゃなく、村岡様の顔に泥を塗ったんだよ」

「……すみません」

「日頃、おめぇが突っ張らかってるのは一体なんのためだ？　ええ？　男花魁として生きるなら、それなりの覚悟ってもんがあったんじゃなかったのか？」

「…………」

「俺は、つくづく残念だ。おめぇにはな、一本芯の通った真っ直ぐさがあったんだ。相手が名士だろうがお貴族様だろうが廓の中じゃ自分が一番、形は紛いもんでも心根は本物の花魁だと、そう信じて振る舞ってきた、あの裏看板の矜持はどこへ消えちまったんだ？」

「お父さん……」

どれだけ責められ、嘆かれても、佳雨には何一つ返す言葉がなかった。自分の心が思うようにならず、感情は錆《さ》びついたように動かない。いつもは確かな己の立ち位置がまるでわからず、視界はひたすら暗闇《くらやみ》でどこを目指せばいいのか見当がつかなかった。不安と頼りなさが足元までひたひたと迫り、気を緩めたらすぐに崩れていきそうだ。

だが、普通なら一晩の失敗くらいで間夫の出入りを禁じたりはしない。嘉一郎は、恐らく口実を待っていたのだろう。久弥の存在が佳雨の足を引っ張るなら、力ずくでも別れさせるのが楼主の義務だからだ。それを感じていたからこそ、佳雨も熱心に商売へ励んできた。

（今度のことは、誰も責められない。これは、俺のせいだ。俺の弱さが招いた結果だ）

小さなひびを見逃せば、気づいた頃には手遅れの状態となる。嘉一郎が恐れているのは、これまで何人とそうやって遊女が駄目になっていく様を見てきたからなのだ。

（それは、俺だって同じなはずだ。姐《ねえ》さんたちが色恋で身を持ち崩していく様子は、子どもの頃から嫌って言うほど知ってるのに。それなのに……）

情けない、と我が身を恥じる気力さえ湧かない。

嘉一郎が怒るのはもっともだし、佳雨だって今の自分を久弥へ見せたくはなかった。

（なのに……会えなくなるのは、もっと辛《つら》い……）

浅ましい、と思う。己の務めも満足に果たせないのに、何かを望むのは分不相応だ。芯をなくした娼妓など後は堕ちていくだけだし、恋しい男に相応《ふさわ》しくあれとの願いも、今はただ絵空事の空《むな》しさばかりが残った。

「とにかく、おめぇが腑抜けでいる限り、若旦那にゃ二度と会えないと思え。これ以上、評判を落とすようなら、俺にも考えがある。いいか、これは脅しじゃねぇぞ」

嘉一郎は、俯く佳雨へ容赦なく追い打ちをかける。

「しばらく頭を冷やして、早いとこ目を覚ますんだな。佳雨、これは見世だけじゃねぇ。おめぇ自身のためでもあるんだ。若旦那の方だって、これで少しは考えるだろうよ」

「……はい」

ほとんど何も言わず、ただ項垂《うなだ》れる佳雨に、嘉一郎はもどかしさを覚えたようだ。煽るためか殊更きつい言葉を重ねてきたが、それでも言い返そうとは思わなかった。行っていいぞ、とようやくお許しが出て、憂鬱な面持ちで立ち上がる。

今が踏ん張りどころなのは、ちゃんとわかっていた。久弥が見合いをしようがしまいが、会えなくては何にもならない。これきりにならないためには、無理にでも彼への想いを閉じ込めて仕事に精を出すしかないのだ。

(七年後の心配なんか、呑気《のんき》にしている場合じゃなかったな)

たった十日会えないだけで、拗ねてみせた自分が懐かしい。

今度、久弥の腕で眠れるのはいつになるだろうかと、佳雨は切なく胸を焦がした。


そろそろ、色街にも慣れた頃合いだ。

そう楼主に言われ、希里は先月から習い事へ行かされている。日本舞踊や三味線、琴、もう少ししたら茶道も習えと命令されて内心辟易していた。上京するまでは実家の手伝いで畑を耕したり家畜の面倒をみたりしてきたので、働くことは苦ではない。同年代の女の子たちに囲まれて踊ったり楽器をかき鳴らしたりするくらいなら、廓で雑巾《ぞうきん》がけをしている方が何倍もマシだった。第一、芸術方面にはさっぱり才能がないのか、どこの稽古場でも師匠を呆れさせている。ヒマを見て佳雨が手ほどきをしてくれるのでなんとかなっているが、許されるなら何もかも放り出してしまいたかった。

「あれ？　あいつ、この前の……」

今日も午前中に琴の稽古があり、ウンザリしながら歩いていた時だった。視界の隅を、見覚えのある男がちらりと過《よぎ》っていく。

思わず追いかけようとして、見間違えかな、と迷いが浮かんだ。記憶にある彼はパッと見は気の強い美女とも見紛うほどで、強烈な存在感は目を惹《ひ》かずにはおれなかったからだ。だが、先を歩く和服姿はどこからどう見ても若い男で、なんの飾り気《け》もない。

「いや、間違いないや」

希里は呟き、勢いよく駆け出した。男の佇まいにはどこか艶めかしさがあり、近寄ればなんだかいい匂いがしそうだと思ったのだ。それは、佳雨に通じる香りだった。

「あの、ええと、銀花……さん！」

「ん？　おお、なんだよ。ポチか」

「ポチ？」

追いついた希里を振り返り、髪を後ろで束ねた銀花がニヤリと唇の端を上げる。いきなり意味不明の呼び方をされ、なんだかわからないが希里はムッとした。大体、『ポチ』というのは犬の名前だ。

「俺の名前は希里だ。ポチなんかじゃねぇ！」

「何言ってるんだ、佳雨の側でわんわんきゃんきゃん吠《ほ》えてたくせに」

「あれは、おまえが意地悪を言うから……っ」

「やれやれ。やっぱり犬だな。早速、嚙みついてきやがった」

これみよがしに肩を竦められ、完全に頭へ血が上る。けれど、悔しいことに銀花の方が一枚も二枚も上手だった。こちらが更に文句を重ねる前に、矛先を制すように「佳雨はどうしてる」と尋ねてくる。怒りはたちまち萎《な》え、どんより暗い気持ちが希里を包んだ。

「佳雨は……泣いてる」

「泣いてる？　嘘だろう、あの勝ち気な男が」

銀花は本気で驚いたようで、素になって希里へ詰め寄ってくる。傍若無人で誰より我の強そうな彼が真顔で「勝ち気」と言うほど佳雨は凄《すご》いのか、とおかしなところで感心しながら、希里はおずおずと付け加えた。

「あれから二、三日は元気がなかったけど、今は見た目には笑ってる。前と変わりない。綺麗だし、しゃきしゃきしてるし、元気だよ。だけど……絶対に泣いてる。俺にはわかるよ」

「なんでだ？」

「俺は、佳雨の一番近くにいる。あ、べ……別にあいつのことはどうでもいいんだけど、佳雨の世話をするのが俺の仕事だからな。不幸な面されると、こっちまで滅入るし」

「ふぅん、成程」

慌てて言い訳をすると、銀花は腕を組んでニヤニヤとこちらを見る。冷やかすような視線にまた腹が立ち、希里は「なんだよ」と唇を尖らせた。

「もともと、あんたが佳雨に余計な話をしたからじゃないか。若旦那が見合いするなんて、どうして教えたりしたんだよ。そのせいで佳雨はお座敷に身が入らなくなって、楼主のクソ爺からうんと怒られたんだ。若旦那まで、うちに出入り禁止になったんだからな」

「百目鬼の若旦那が出入り禁止？　おい、それ本当か？」

「ほんとだよ。佳雨が若旦那と惚れ合ってるの、クソ爺は良く思ってないんだ」

「いや、まぁそりゃそうだろうけどよ……」

さすがに言葉がないのか、銀花は語尾を濁したまま黙り込んだ。しゃべりすぎたか、と希里は少し後悔したが、本音を言えばまだまだ罵ってやりたいところでもある。久弥が見合いの件を黙っていたのは彼なりに考えがあってのことだろうし、佳雨だって本人の口から直接聞きたかっただろう。それなのに……と思うと、同期の男花魁の足を引っ張り、蹴落とそうと画策したんじゃないかと穿《うが》ちたくさえなった。

「佳雨を蹴落とす？　俺が？」

　希里が詰め寄ると、銀花は虚を衝かれたような顔をする。やがて、彼はゆるゆると表情を崩し、おかしくてたまらない、とでもいうように派手に笑い出した。

「なっ、なんだよっ。笑うなよっ」

「想像力の豊かな犬だな、おまえは」

「犬じゃねぇっ」

「あのな、ポチ」

　あっさり抗議を無視して、銀花は愉快そうに目の端の涙を拭う。

「同じ廓なら、そりゃあ俺はなんでもやったさ。俺は一番が好きだし、佳雨の野郎はいけ好かねぇ。苦界で育ったくせに、いつ見ても一人で涼しげな顔しやがって。ああ、あいつに負けるのだけは嫌だね。それこそ、間夫を寝取ってやろうと思ったかもしれねぇよ」

「おまえ……ッ」

「けど、俺たちは見世が違う。俺は『瑞風館』で裏看板を張れればそれでいい。それにな、ポチ。色街には、一度遊女の馴染みになったら客は簡単によそへ移れない決まりがあるんだよ。たとえ佳雨の客を横取りしたくても、そう上手くはいかないようになってんのさ。それじゃ、蹴落とす意味がねぇだろ」

「…………」

「わかったか？」

「……ん」

悔しいが、どうやら彼は嘘を言っているわけではないようだ。渋々と希里が頷くと、よしよしとばかりに頭を撫でられた。何すんだ、と驚いて手を払いのけ、再び身構えて睨みつける。銀花の笑い声に、完全にからかわれている、と憤慨したが、怒れば相手を喜ばせるだけのようなので我慢して口は閉じていた。

「ここんとこ、佳雨は若旦那に振り回されっ放しだからな」

「え？」

「ポチは新参だから知らねぇだろうが、あいつは先だっての『蜻蛉』の事件以外にも、今まで何度も危ない目に遭ってんだよ。詳しくは聞いちゃいねぇが、若旦那絡みの事件がほとんどだ。ただでさえ気苦労が多いのに、好き好んで命まで危険に晒《さら》すこたねぇだろ。いい加減、手を切ったっていい頃だ」

「そんな……」

「まだ一年だ。別れたって傷は浅い。夢から覚めるにゃちょうどいいさ」

そう言いながら、銀花はぐるりと周囲へ視線を走らせる。ここは往来なので、そろそろ人目が気になってきたようだ。地味な着物姿の希里はともかく、男の恰好をしていてもやはり銀花は目立つ。佳雨は用事がない時は滅多に出歩かないが、彼の見世では裏看板が気安く歩き回ったりして怒られたりしないのだろうか。

「俺が稼いでるうちは、誰も俺に指図はできねぇよ」

銀花はからりと明るく言い切り、「まぁ、説教はされるけどな」と小さく付け加える。

「けど、俺は白粉《おしろい》臭い中で一日過ごすのは嫌だね。息が詰まっちまう」

「じゃあ、昼間は毎日ぶらぶらしてんのか」

「楼主の機嫌がいい時はな」

どうやら、危惧《きぐ》した通り、あまりいい顔はされないらしい。午前中は見世も休みだし、客に見咎められることはまずないだろうが、娼妓は大門の中を歩く自由さえないのかと希里は気が重くなった。

「じゃあな、ポチ。俺はもう行くぜ。佳雨に、次に誰かに惚れる時はもっと上手くやれって言っとけ」

「言えるかよ、そんなこと」

「ははは」

向けられた背中に毒づいた希里は、ふとささやかな興味にかられる。

「なぁ、あんたは？」

「ああ？」

何のことだ、と怪訝そうに振り返る彼へ、重ねて問いかけてみた。

「あんたは、惚れてる相手とかいないのかよ」

「惚れてる……」

一瞬、彼は意味がわからない顔になる。それがあまりに幼く見えて、言った希里の方が戸惑ってしまった。だが、すぐに見慣れた小憎らしい笑みが浮かび、銀花は心底バカにしきった様子でふてぶてしく言い返してきた。

「俺が惚れてるのは金だけだ」


結局、大幅に遅刻した希里は、琴の師匠に稽古をつけてもらえなかった。

お仕置きに皆の練習を正座で延々と聞かされ、最中に三回居眠りをしてまた怒られる。どのみち楼主へ告げ口されるだろうし、そうなったら折檻が待っているからと開き直って目を閉じたら、四回目にはもう何も言われなかった。

そうして見世の前まで帰って来た時、中から出てきた久弥とばったり出くわす。まだ昼見世さえ始まっていないし、第一彼は出入り禁止のはずだ。寝ぼけているのかと目を擦っていたら、向こうから「やあ」と気さくに声をかけられた。

「希里じゃないか。お使いかい？」

「…………」

「ん？　どうした、惚《ほう》けた顔をして」

「…………」

「おい、希里？」

一向に反応しない希里を訝《いぶか》しみ、久弥が右手を伸ばしてくる。前髪へ触れる寸前、ハッと我を取り戻し、急いで後ろへ飛び退《すさ》った。先刻の銀花もそうだが、希里は他人に触られるのが好きではない。例外は佳雨だけで、以前に廓で折檻を受けて布団部屋に押し込められていた際、傷に触れられた感覚が不思議と心地好かったので、それ以来抵抗を感じなくなった。けれど、基本的には誰であろうと接触は苦手だ。

「そう構えるな。取って食いやしないよ」

「……佳雨に会ってきたのか？」

「いや、駄目だった」

微妙な距離を取りつつ尋ねると、些《いささ》か傷心の面持ちで久弥が首を振った。

「この前ここへ来てから、また忙しくなってね。そろそろ佳雨が恋しくなって顔を出そうかと思った矢先、今朝方、楼主から手紙を受け取ったんだ。そうしたら、しばらく『翠雨楼』への出入りは御遠慮願いたい、なんて書いてあるじゃないか。それで驚いて、門前払いは覚悟の上で駆けつけたってわけさ。だが……どうも金じゃ解決できそうもないね。こちらが総仕舞いを仄《ほの》めかしても、出入り禁止の撤回はしてもらえなかったよ」

「金で解決できると思ってたんなら、さっさと佳雨を身請けしてやれよ！」

「希里……」

焦《じ》れったさのあまり、つい声が大きくなる。金に不自由しているわけでなし、久弥がさっさと身請けをしてくれれば、佳雨が泣くことも自分がヤキモキすることもなくなるのだ。それなのに妙な意地を張っているから、こんなややこしいことになる。

「佳雨は、若旦那が見合いすること知ってるぞ」

「え……」

「それで様子がおかしくなったんだ。今はなんとか取り繕ってるけど、大事なお座敷で失敗して、その罰にクソ爺が若旦那と会うのを禁止したんだよ。だから、全部あんたのせいだ。あんたが佳雨を悲しませるから……っ」

「…………」

佳雨が知ったら、後で叱られるかもしれない。それでも、希里は黙っていることができなかった。好き合ってる者同士、傍目《はため》にはなんの障害もないように見えるのに、どうして色街を出ていこうとしないのかまったく理解できない。

二人のただ事ならぬ雰囲気に、見世の若い衆が不審げに視線を投げてきた。先に気づいた久弥がおもむろに希里の左手を掴み、有無を言わさず引っ張っていく。なんだよ放せよ、と騒いだが一向に相手にされず、とうとう近所の甘味屋まで連れて行かれてしまった。

「おい、放せってばっ。図星を指されて、腹でも立てたのかよ」

「まぁまぁ、そう興奮するな。親父、あんみつを二つ頼む」

「あんみつ……」

心惹かれる単語に一瞬抵抗が弱くなるが、懐柔されてなるものかと気を引き締める。無理やり空いた席へ座らされ、向かい側に久弥が落ち着くと、店の親父が冷やしたほうじ茶を運んできた。

「とりあえず、見世の前じゃ話し難いからね。時間は大丈夫かい？」

「今日は、どっちみち叱られることになってんだ。だから、そんなのはいい」

「それは頼もしいな。実はね、希里へ頼みがあるんだよ。会わせてもらえなかった時のために、佳雨へ手紙を書いた。楼主に見つからぬよう、これを彼へ渡してもらえるかな」

「手紙……？」

意外な申し出に驚いていると、久弥は上着の内ポケットから洋風の白い封筒を差し出してくる。一点の染みもない高級な紙が眩《まぶ》しくて、希里は受け取るのをためらった。だが、何事も佳雨のためだ。気遅れしているのを悟られないよう、仏頂面のまま乱暴に摑んだ。

「ただ渡せばいいんだな？」

「そう。佳雨が一人になった時に、こっそりとね」

「わかった」

なんだか、ひどく重要な役目を負わされた気がする。少しばかり緊張して頷くと、上手い具合にあんみつがやってきた。

「お、今日は餡《あん》も寒天も大盛りだな。美味そうだ」

「…………」

「希里？」

がっついていると思われるのが嫌で、なかなか手を出しづらい。小難しい顔であんみつを睨んでいたら、久弥が苦笑いをして「お食べ」と促してきた。しょうがないな、という素振りで匙《さじ》を手に取ると、不意に真面目な声が耳へ流れ込んでくる。

「おまえが言ったことは、もっともだよ」

「え……」

「いいから、食べながら聞いてくれ。さっきの身請けの話さ。俺と佳雨は、心底惚れ合っている。あいつが泣いているなら、今すぐ見世へ引き返して楼主と話をつけたっていいんだ」

「じゃあ、こんなとこであんみつ食ってる場合じゃないだろっ」

呆れて突っかかると、久弥は悲しげに微笑んだ。やがて彼は小さく嘆息し、気を取り直したように笑みの輪郭を濃くする。物憂げな風情はそのままだが、瞳にはしっかりした意志の光が瞬《また》いており、希里は続く文句を引っ込めておとなしく話を聞くことにした。

「おまえに、こんなことを真顔で言うのは気恥ずかしいが」

「うん」

「俺は、できることなら佳雨の全部を受け止めたいんだ」

「全部？」

「ああ。佳雨が廓育ちで、男花魁で生計を立てているのは紛れもない事実だ。あいつはなんとかそこに誇りを見い出し、己を卑下せずに生き抜こうと突っ張っている。佳雨を支えているのは意地と誇りなんだ。それは、金で買えるものじゃない。買ってもいけない」

「…………」

「泣かせてもいい、とあいつは言った。他の男に抱かれる身で恋をすれば、双方が傷つき、泣く羽目になる。それを承知で愛してくれと言われたら……男なら応《こた》えずにはいられないだろう？　佳雨は美しくて強い。でも、それはあいつの顔かたちじゃなく、生き様が好きだからこそ溺《おぼ》れられるものだ。そうでなくて、わざわざ男を愛したりはしないさ」

匙を動かすのも忘れ、希里は久弥の言葉に聞き入った。

惚れた相手は夜毎別の男に抱かれ、逢瀬すら儘ならない。

辛くないはずがないし、やせ我慢に理屈をこねているだけかもしれない。けれど、あっさり金を出して解決するのが、本当に当人たちの幸せに繋がるのかわからなくなった。

身請けをすれば自由は買えるが、佳雨が身を売っていた過去は消せない。だからこそ、彼が自力で抜け出すことが大切なのではないだろうか。佳雨の性分なら、たとえ相手が惚れた男であろうとも、己の生き方を曲げられるのは厭《いと》うはずだ。

つまらない意地だと、世間では言われるだろう。

でも、ここは色街だ。己が身しか頼れるものはなく、花魁だなんだとちやほやされても心ない客からの蔑《さげす》みの視線はあまりに厳しい。そんな世界から飛び出して凜と背筋を伸ばすには、他人に買われた自由では駄目なのだ。それでは、廓から恋人に支配者が変わるだけだ。

「佳雨は、他の遊女とは事情が違う。おまえもそうだが、皆は家族を食べさせるため泣く泣く身を売ってこの街へ来た。だが、あいつは病気で働けなくなった幼馴染の借金を背負い、自分を育ててくれた姉が見てきた地獄を見極めようと、自ら進んで男花魁になった。それだけに、簡単に楽になってはいけないと思っているんだよ」

「だから……身請けはしない……」

「ああ。少なくとも、佳雨が心から望まない限りはな」

「…………」

誰にとっても、惨《むご》い選択だった。

だが、佳雨と久弥は刹那《せつな》の喜びではなく、確かな絆《きずな》を育《はぐく》んでいこうとしている。そう希里は直感した。今すぐ抱き合うことも大事だが、互いを人生の伴侶《はんりょ》として手を携えて生きていけるように。佳雨が久弥に引け目を感じず、久弥が佳雨へ恩を着せないように、二人はひっそりと息の続く恋を選んでいるのだ。

「あの……じゃあさ……」

おずおずと、希里は口を開く。

初めの勢いは、いつの間にか失《う》せていた。

「銀花が言ってたお見合いは……するのか？」

「見合いか……」

久弥は複雑な顔になり、眉間《みけん》へ深く皺《しわ》を寄せる。即答で「しない」と返してくるかと思ったので、少々当てが外れた気分になった。

「なんだよ、偉そうなこと言っといて。やっぱり見合いはするのかよ」

「その見合いには、少し義理があってね。会わないわけにはいかないんだ」

「じゃあ、佳雨はどうすんだよ！」

「まぁ、そう興奮するな。その件については、手紙にしたためた。本当は直接佳雨へ説明したかったんだが、楼主の怒りが解けるのはいつになるかわからないしな。俺の縁談は、どのみち避けては通れない問題でもあるし。とにかく、悪いようにはしないよ」

胡散臭《うさんくさ》い言い方だと、ますます希里は警戒する。しかし、これ以上は自分が口を挟む問題ではないと思い、不本意だがしつこく追及はしないでおいた。

あんみつは、まだ半分以上が残っている。

久弥の手紙を大事に懐へしまい、希里は食べる方へ専念することにした。

「若旦那が手紙を？」

うん、と頷く希里を見返し、佳雨はたちまち頬を熱くする。

昼見世の時間が迫り、着替えの手伝いを頼んだ希里から思わぬ朗報が飛び込んだ。なんとか冷静に流そうとするが、やはり逸《はや》る心は抑えられない。希里の手前、あまり露骨に喜ぶのは憚られたが、鼓動はいつになく刻みを早くしていた。

（若旦那……）

久弥との逢瀬を禁止され、今日で一週間になる。その間に彼が登楼したらどうしよう、と気が気ではなかったが、どうやら先だって「ゴタゴタしている」とボヤいていた問題が長引いているらしく、今日までやってくる気配はなかった。ホッとするようなガッカリするような複雑な気持ちでいた矢先の、思いがけない出来事だった。

「本当は見世まで来てたんだけど、やっぱり追い返されたんだって」

「え、でも時間が早すぎやしないかい？」

「クソ爺が、出入り禁止の手紙を書いてきたって言ってたぞ。それで、会えないなら手紙を渡してくれって俺に頼んできたんだ」

「そうだったのか……」

忙しい身であろうに、久弥は人任せにしないで見世まで足を運んでくれたのだ。それだけでも、佳雨は勿体なさで胸が一杯になった。

「どうせ、佳雨が忙しくなるのは夜見世だろ。時間はたくさんあるし、今渡した方がゆっくり読めると思ってさ。はい、これ。確かに渡したからな」

「ありがとう。恩に着るよ」

「よせやい。佳雨に言われると、背中がざわざわする」

「おや、そんな憎まれ口を叩くならお礼はやらないよ？　せっかく、お客様から美味《おい》しい花《か》林糖《りんとう》をいただいたんで、おまえにも分けてあげようと思ったのに」

「あんみつの次は花林糖かよ」

生意気な口をきき、希里は大人ぶって溜め息をつく。

「まったく、佳雨も若旦那も俺のことガキだと思って……」

「え？」

「いや、なんでもない！　じゃあ、花林糖と交換だ」

「そうか。じゃあ、ちょっと待っておいで」

佳雨は微笑み、鏡台の引き出しから包みを「ほら」と渡す。なんだかんだ言っても菓子は嬉しいのか、希里が両手で大事そうにそれを受け取った。その仕草が可愛くて、自然と顔が綻んでしまう。久しぶりに自分が作り笑いをしていないことに気づき、現金なものだな、とまた可笑《おか》しかった。

（若旦那……すぐ近くまで来ていたのに……）

身支度を終え、部屋で一人になった佳雨は、座敷の真ん中に座って封筒を抱き締める。思えば、久弥から手紙を貰うこと自体が初めてだった。普通の客ではありえない頻度で彼は見世を訪れてくれたので、手紙をやり取りする必要もなかったのだ。

（何が書かれていても、これは俺の宝物だ。一生大事にしよう）

何度か指先で撫でてから、ようやく読む決心をする。白い西洋封筒は、急いだのか封印がされていなかった。佳雨は高鳴る胸を押さえながら、ゆっくりと畳まれた紙片を開いてみる。万年筆で書かれた文字は久弥の人柄を表すように端正で、インクの染み具合さえも愛おしく映った。

（〝拝啓、佳雨さま〟……）

目で追う文章は、急いで書かれたにも拘《かかわ》らず隅まで気を配られている。深読みしたり、曖昧な言葉で佳雨の判断が迷わないよう、言葉の選び方にも慎重なのが伝わってきた。

楼主の怒りを買い、逢瀬が叶わなくなっても悲観しないでほしい。自分の真は佳雨のものだし、それはどんな状況になろうと変わらない、と久弥は訴えている。会えるようになるまで可能な限り手紙を書くから、おまえは何も心配しないで笑っていてほしい――そう書いてあった。

（〝それから〟……）

続きの文字が目に入るなり、心で「あっ」と声を出す。そこには、先だって銀花が言っていた見合いについて触れてあった。佳雨は一度便箋から顔を上げ、小さく深呼吸をする。何が書かれていても受け止められるよう、落ち着いて読まねば、と己へ言い聞かせた。

よし、と覚悟を決めて、再び視線を落としてみる。便箋を持つ手が細かく震えていたが、それくらいは大目にみよう、と思った。

（〝先日は話しそびれてしまったが〟……）

久弥は、すでに佳雨が見合いの件を耳に入れたとは知らないようだ。初めに書かれていたのは黙っていた詫びと、見合いに関して自分は何ら興味はないという告白だった。しかし、その上でどうしても先方の令嬢とは会うだけ会わねばならない、とある。義理を果たさねばいけない相手であり、縁談とは別の目的もあるからだ、と続いていた。

（縁談とは別の目的？　一体それはなんなんだろう）

久弥は立場のある人間なので、義理の方は得心がいく。だが、それ以外に見合いへ赴かねばならない理由となると、佳雨にはさっぱり見当がつかなかった。わかっているのはただ一つ、久弥が見合いをするのは避けられない、という事実だけだ。

（そう……か……）

見合いは、一ヶ月後だと文中にあった。それまでに、楼主の怒りは解けるだろうか。こういう場合、数ヶ月単位で罰を食らうのが当然だし、あまりにムシのいい願いかもしれない。

（でも――会いたい）

正直な想いが、ぽろりと言葉になる。

（若旦那がお見合いをする前に、どうしても一度は会って抱かれたい。直接顔を見て話をして、〝俺は大丈夫です〟とお伝えしたい……）

久弥は、きっと心配しているだろう。このことで泣かせてやしないかと、気を揉《も》んでいるに違いない。事実、佳雨はこの一週間、涙こそ零さなかったが胸の内はいつも雨に降られていた。二度と仕事で失態はくり返さないよう、精一杯気丈に振る舞ってはいたが、ずぶ濡《ぬ》れになった心は重たさを増していくばかりだったのだ。

けれど、今はもう違う。

自分には、久弥の手紙がある。淋しくなったら読み返し、文字に込められた熱情を感じることができる。だから、強がりなんかではなく「大丈夫」と微笑んで彼を安心させたかった。

（いや、諦めることはない。要は、お父さんが俺を見直してくれりゃいいんだ。間夫を持とうが持つまいが、『翠雨楼』の裏看板に翳りなし、と言わせれば俺の勝ちだ）

できる、と力強く呟く。

そのための努力は、今までずっと積み重ねてきた。

(俺にできるのは、己の務めを全うすることだけだ。大金を積んで会いに来てくださるお客様のために、極上の夢を見せてさしあげる。それができて初めて、裏看板として胸を張ることができるんじゃないか。そういう俺を、若旦那は〝愛しい〟と言ってくださった)

手紙をそっと胸へ抱いて、佳雨は静かに目を閉じる。

久弥が見合いをする——その事実は、確かに悲しかった。けれど、彼の手紙からは「何も心配するな」という想いが溢れている。それならば、自分はただ次の逢瀬を待とう。先のことは不透明でも、今この瞬間の久弥は間違いなく自分を愛している。

(若旦那……)

身を焦がす情熱は、どれだけ悲しみの銀糸に抱かれようと消えることはない。

きっと禁を解いてみせる、と誓い、佳雨はゆっくりと瞳を開いた。

佳雨が水揚げをされ、男花魁として見世へ出るようになったのは十六の頃だ。

それまで『翠雨楼』でお職を張っていた姉、雪紅が呉服問屋の後妻に収まることになり、盛大な見送りと共に色街を去ってから一ヶ月後のことだった。

雪紅は嫁入り先へ弟を連れていくつもりでいたが、佳雨はそれを拒み、男花魁として廓へ残る決心をする。そのことが原因で姉弟の縁は切られてしまったけれど、堅気になった姉の幸せのためにもそれで良かったと思っていた。

「あの時、鍋島様が水揚げの名乗りを上げてくださらなかったら今の俺はありません」

酌の手を止め、佳雨は感慨深げに傍らの義重を見つめる。佳雨の身体を初めて開いただけでなく、彼は閨の作法から一般教養に至るまであらゆることを教えてくれた。

今でも、義重が初めての客で幸運だったと、佳雨は本心から思っている。口ではどんな生意気なことを言おうと男に身を任せるのは怖かったし、あの頃はまだ本当に子どもだった。身体はともかく心に傷がついていたら、回復するのに長い時間がかかっただろう。

「どうしたんだね、急に改まって」

「いえ、久しぶりのお見えですので、しんみりといろいろ思い出しました」

「いつも闊達《かったつ》とした、おまえらしくもない。だが、どうやら私の心配は杞憂《きゆう》のようだね」

「心配……ですか？」

「〝佳雨花魁は、このところ覇気がない。恋煩いでもしているんじゃないか〟――そんな噂が耳に入ってきた。私が馴染みになって四年、おまえが座敷で評判を落とすなんて初めてじゃないか。何があったかと来てみれば、妙に晴れやかな顔をしている」

「ご期待に沿えず、あいすみません。でも、こうして鍋島様にお越しいただけたのなら、評判を落とした甲斐がありました」

さすがは地獄耳、と内心ヒヤリとしつつ、何食わぬ顔で受け流す。

「さ、もう一献」

笑顔で促し、江戸切子のぐい呑みへ酒を注ぎ込んだ。義重愛用のその品は、彼の子ども時代に父が『百目鬼堂』から買い入れた物だという。そうして、今はそれぞれの息子が自分の特別な馴染みとなっている。不思議な因縁を振り返るたび、久弥とは別の意味で義重と自分の運命もまた繋がっているのだと佳雨はいつも感じるのだった。

今夜は、虫の音も聞こえない。夕刻から雨が降っているせいだ。

これで涼しくなるかと思いきや、湿気がひどくて過ごしやすいとは言い難かった。

「鍋島様、少し団扇《うちわ》で扇ぎましょうか。少々、蒸しますね」

「そういうおまえは、単衣に打ち掛けと着込んでいる割に汗一つかいていないね。名妓は己の身体を自在に操るというが、佳雨を見ているとあながち眉唾《まゆつば》でもないようだ」

「そんなことはありません。寝苦しい夜は、難儀していますよ」

「それなら、扇風機を買ってあげよう。あれはいいぞ」

「本当ですか。夏の間中、廓中の遊女が俺の部屋へ入り浸りになりますよ」

軽口を返してくすりと笑うと、義重もようやく寛《くつろ》いだ表情を見せる。佳雨は密《ひそ》かに胸を撫で下ろし、珍しい日もあるものだと思った。

実は、ひと月ぶりの登楼にも拘らず、いつになく彼は浮かない様子だったのだ。義重は快楽主義なところがあって、遊郭へ顔を出すのも綺麗な人間を愛《め》で、目と身体で楽しめるからだと言っていた。だからこそ、日常とは切り離された男花魁がいいんだと。しかし、今夜は何か憂い事でもあるのか、心の底からは楽しめていないようだ。なんとかご機嫌は直ったようだが、こちらから詮索《せんさく》するわけにもいかないので、佳雨も知らん顔をするしかなかった。

(鍋島様は、御自分のことをあれこれ訊かれるのがお嫌いだからな)

子爵家の出で、美しい妻と五人の息子の他、十五歳で作った外腹の蒼悟までいる。もし佳雨が女だったら身請けして子どもを産ませたいと戯れに言っていたことがあるが、恐らくあれは本気だろう。義重には女子がいないので、佳雨に似た女の子なら愛で甲斐があると笑っていた。己の美意識の前には、常識や道徳も色褪《いろあ》せる人なのだ。

そういえば、と久弥の話を思い出した。

盗まれた骨董の一つ、鏡を義重が手に入れたというのは本当だろうか。

(おっと、いけないいけない。首を突っ込んだら、また若旦那に怒られちまう)

恋しい男の役には立ちたいが、相手が義重ともなると慎重にいかねば逆効果だ。却って足を引っ張ることにもなりかねないため、佳雨はおとなしくしていることにした。

「しかし、おまえは読めないね」

「え？」

「百目鬼の若造が出入り禁止になって、そろそろ三週間になると聞く。先刻の座敷での評判もそうだが、さぞや暗い顔をしているかと思っていたんだよ。だが、存外平気そうだ」

「鍋島様がいらしているのに、湿気《しけ》た顔なんざできませんよ」

「その台詞が本当かどうか、試してみようじゃないか」

「あ……っ」

おもむろに腰を抱かれ、力強く引き寄せられる。深い森を思わせる瞳が着物を剝《は》ぎ、肌を透かして、胸に棲《す》む想いまで全てを引きずり出そうとした。

「鍋島様……」

佳雨は本能的に身じろいだが、義重の腕はしっかり抱いたままびくともしない。半ば強引に唇を重ねられ、驚く間もなく舌を搦め捕られた。

「ん……んぅ……」

交わる唇に、酒の香りが仄かに立ち上る。巧みな愛撫に少しずつ緊張を解きながら、佳雨は控えめに口づけへ応え始めた。義重に導かれるまま身体を預け、やがて自らねだるように唇を吸う。優雅な指が乱れた襟から差し込まれ、潤んだ肌をまさぐる頃には、漏らす溜め息にも淫靡《いんび》な熱が宿っていた。

「ああ……」

微かな喘ぎが重なるごとに、空気がねっとりと湿っていく。

右手で胸を、左手で太股《ふともも》を擦られると、それだけで痺《しび》れるような快感が佳雨を襲った。

「う……ん……」

「良い声だ。堪えて漏らす、その配分がとてもいい」

「あ、鍋……島さ……ま……」

ほんの一瞬、中心に触れられただけで、びくんと激しく全身が跳ねる。普段より感じやすいのは雨のせいか、と霞む瞳で窓の外へ視線を走らせたが、焦らすような指の動きにそれどころではなくなってしまった。

「ここ……で……？」

捲《めく》れた裾から、淫らに開かれた脚が露《あら》わになる。義重は背中から佳雨を抱き直すと、はだけた腿《もも》の内側を円を描くようにゆっくりと上へ這《は》わせていった。たまらず切れ切れな声が溢れ、佳雨は大きく背中を反らす。先刻から弄《いじ》られている胸の先端がツンと空を向き、指の腹で優しく磨《す》り潰された。

「あう……っ」

甘美な刺激に肌が震え、たまらずがくりと項垂れる。しどけなく息を乱しながら、義重が満足げに微笑むのをうなじにじわりと感じた。

「おまえは、夏でもひやりとしているね」

「あ……ぁ……」

「だが、その肌が触れた場所から熱を持ち、次第に芯まで熱くなる。その過程を指で確かめていくのは、おまえを抱く醍醐味《だいごみ》だよ」

「鍋島……さま……」

腕の中で淫らに翻弄《ほんろう》され、とうとう言葉が紡ぎだせなくなる。後は義重の好きなように、ただ犯されていくのみだった。

「せめて……せめて床まで……」

「いいや、ここにしよう。佳雨、後ろから私を受け入れなさい」

「ああっ」

彼が佳雨に教えたのは、寝技ではなく抱かれ方だ。

男を悦ばせるなら、女の身体が一番具合がいい。だが、上手に抱かれれば、男花魁は他では得られない快楽を与えることができる。そう言って、雄の締め付け方、突かれ方、はては絶頂へ導くまでの段取りまで全てをじっくりと仕込まれた。それは、延《ひ》いては義重好みの身体になったということでもあり、今では大概の要求に応じることができる。

だから、久弥に抱かれる時、佳雨はいつでも少し怖い。

染み込んだ義重の影を悟られそうで、どうしても臆病《おくびょう》になってしまうのだ。もっとも、初めの頃ならいざ知らず今は久弥もお見通しで、遠慮する佳雨をいじらしいと言ってくれる。その言葉が嬉しくて、また同時に申し訳なくもあった。

「は……あ……ぁ……」

閉じることも叶わず、唇から次々と音色が零れ落ちる。

佳雨はきつく目を閉じ、揺れる身体を艶めかしく濡らしていった――。


「鍋島《なべしま》様のご令息が？　何かの冗談じゃありませんか？」

久弥《ひさや》との逢瀬《おうせ》が禁じられて一ヶ月。

頻繁に届けられる手紙に支えられながら、佳雨《かう》は日々の務めに没頭していた。朝顔の世話をし、希里《きさと》の稽古《けいこ》をみてやり、夜は座敷から座敷へと目まぐるしく客を廻《まわ》していく。無論、幾人もの男と閨《ねや》を共にもしたが、変わらず大事に想うのは久弥ただ一人だった。

「お父さん、それ本気かい？」

夜見世《よみせ》の支度に余念がなかった佳雨は、担がないでくれとばかりに声を上げる。

「鍋島様のご令息は、確か一番上でもまだ高等学校へお通いだろう？　廓《くるわ》遊びをするには、少々早すぎやしませんか」

「それが、どうしても〝佳雨花魁《おいらん》を〟って強く御所望なんだとよ。鍋島様がご存じかどうかは知らねぇが、相手は子どもとはいえお貴族様だ。きちんと紹介人も立てて来られた以上、断る理由もねぇしなぁ」

「………」

理屈でいけばその通りだが、未成年に廓遊びをさせるなんて通常ではありえなかった。芸者を呼んでのバカ騒ぎがしたいならまだしも、色街は女を抱きに来る場所だ。まして、相手は義重《よししげ》の次男だという。蒼悟《そうご》の存在は長く知られていなかったため、幼い頃から帝王学を学ばされてきた彼がゆくゆくは義重の後を継ぐと言われている。そんな立場の人間が、一体なんの気まぐれで色街などへ足を運んだのだろう。

「どういうカラクリなんだか……」

『松葉屋《まつばや》』までお呼びがかかったと、わざわざ楼主の嘉一郎《かいちろう》自らが知らせに来た時点で、おかしな気はしたのだ。わけありの客かと察しはつけたが、よもや大事な馴染《なじ》み客の息子とは夢にも思わなかった。

「その紹介人ってのは、どなたですか？」

希里に手伝わせ、帯をきつく締め上げながら嘉一郎へ訊《き》く。

「もちろん、うちのお客様なんでしょう？」

「双葉宗次郎《ふたばそうじろう》様だよ。藤乃《ふじの》花魁のお馴染みだ」

「藤乃姐《ねえ》さん……ってことは、陸軍の双葉大佐か。そんな方が、どうして鍋島家と……」

「なんでも、鍋島財閥の重工業部門が、その双葉様と取り引きをしてるんだそうだ。それで、ちょくちょく御屋敷へも出入りするようになったって話だったな」

「ははぁ、軍需部門の窓口か。キナ臭いことだ」

「こら！　滅多なことを言うもんじゃねぇ！」

佳雨の毒舌に、嘉一郎が血相を変えた。遊郭において、軍人は上得意なのだ。だが、文化人や実業家が顧客に多い佳雨にはあまり馴染みがない輩《やから》だし、もとから権力をかさにきて威張りくさっている連中は大嫌いだ。いきおい、口は悪くなる。

「じゃあ、もしかして藤乃姐さんも……」

「ああ、同席する。双葉様はご執心だからな。それに、目を離した隙に男花魁なんぞに色目を使われたら、表看板の名前が泣くってよ。あいつの佳雨嫌いは、筋金入りだからなぁ」

「やれやれ……」

これまでも顔を合わせるたびにさんざん嫌みを言われたり、意地悪をされてきたが、藤乃は相変わらずのようだ。雪紅《せっこう》の後を継いで『翠雨楼』のお職を張り、色街全体でも指折りの花魁と威勢の良い彼女は、どういうわけか佳雨をずっと敵視していた。

「口を閉じて笑ってる分にゃ、目が眩《くら》みそうな美人なのに」

「そういう物言いが、気に食わねぇんだとよ」

「はん、勘弁してもらいたいね。男の俺が同じ土俵に立つのに、どんだけ苦労してると思ってんだよ。……まぁ、美人は性格が悪くたって憎めないけどさ」

余裕の表情でくすくすと笑い、佳雨は悪戯《いたずら》っぽい目つきで希里を見る。黙って話を聞いていた彼は、「意地悪はどっちだ」と言わんばかりの呆《あき》れた顔をしていた。

「なんでもいいが、とにかく頼んだぞ。大方、父親の贔屓《ひいき》がどんな花魁か興味があるんだろう。適当にあしらって、早めに帰しちまいな」

「じゃあ、〝裏〟はないと思っていいんだね？」

「あったら困る」

面倒そうに言い捨てて、嘉一郎はさっさと部屋から出て行こうとする。だが、何を思ったのかふと足を止めると、背中を丸めたままこちらへ振り返った。

「……佳雨」

「なんだい、お父さん。心配しなくたって、ちゃんと上手《うま》くやっておくよ」

「ああ、しっかりやってくれ。もし、今晩の首尾が上々だったらな」

「うん？」

思わせぶりに言葉を区切られ、なんだろうと訝《いぶか》しむ。またぞろ厄介《やっかい》な話でないといいが、と危惧《きぐ》していたら嘉一郎は思わぬことを言い出した。

「若旦那《わかだんな》の出入り禁止を解いてやろうじゃねぇか」

「え……」

「いやなに、おめぇもしっかりしてきたようだしな。いつまでもやせ我慢させとくと、また反動がきたりしちゃ面倒だろう。まぁ、おめぇが書いた詫《わ》び状が効いて、村岡《むらおか》様も御機嫌を直してくださったようだし。また今度、相楽《さがら》様を連れて再登楼されると連絡があったんだ」

「それ、本当かい……？」

「何、鳩《はと》が豆鉄砲食らったような顔してやがる。俺だって鬼じゃねぇんだ。おめぇが分別を持ってそれなりの働きをする限り、他は自由にやったらいいさ。百目鬼《どうめき》の若旦那は金払いがいいんで、廓内の人間にも評判がいいしな」

「…………」

嘉一郎は照れ臭げにあれこれ言い訳すると、「ただし、今夜の座敷次第だぞ」とついでのように念押しをする。ああ、と答える間も、佳雨はどこか夢を見ているような心持ちだった。

「やったな、佳雨！」

呆然《ぼうぜん》と佇《たたず》んでいる背中を、希里が景気良く叩《たた》く。

その痛みでやっと夢ではないとわかり、佳雨の胸に喜びが湧《わ》いてきた。

鍋島義重の次男、義睦《よしちか》は、高等学校二年に在籍する十八歳だ。優雅な紳士然とした父親の風貌《ふうぼう》を色濃く受け継ぎ、涼やかな目元や品のいい顔立ちはなかなかに好ましかった。

だが、やはり色街の座敷へ上がるには若すぎる。白シャツに鼠《ねずみ》色のズボンという夏の制服が、ますます彼を浮いた存在に見せていた。

（双葉様も、少しは面倒をみておやりになればいいのに）

藤乃を相手に早速酒を酌み交わし、双葉はすでに上機嫌だ。佳雨と張り合うためか、日頃はお高くとまって素っ気ない彼女の愛想がいいので、だいぶ酔いも早いようだった。

（だけど、やはり軍人さんは苦手だな。世間体を憚《はばか》ってか、殊更に男花魁を見世物扱いしようとするし、そうでなけりゃ胡散臭《うさんくさ》いエセ紳士だ。藤乃姐さんにゃ悪いが、この双葉って男も外面《そとづら》はいいが、俺を見下したように見る目つきは隠せてないんだよ）

佳雨の自慢は、馴染みの層が良いことだ。趣味が高く、教養があって、相手が娼妓《しょうぎ》だからとおかしな同情や優越感などを一切抱《いだ》かない。また、そういう人たちだからこそ男花魁の楽しみ方も十二分に心得ていた。冷やかしや下種《げす》な客がいないわけではないが、とにかく花魁遊びは金がかかるので、自然と足は遠のいていく。

（中でも、鍋島様は飛び抜けた粋人でいらっしゃる。その息子さんが……）

八畳ほどの座敷には足付きの膳《ぜん》が四つ並び、双葉の隣には藤乃、義睦の隣には佳雨がそれぞれ座っていた。未成年なので義睦に酒は出ず、代わりにサイダーの瓶《びん》が置かれている。特別な相手でもない限り、初回の花魁は口をきかず客の相手もしないので、芸者や幇間《ほうかん》が場を盛り上げる中、時折仲居が回ってきてはサイダーを注《つ》いでいた。

(このまま、ずっと黙っているおつもりなんだろうか)

佳雨は胸の中でごち、どうしたものかと思案する。

二回目を表す〝裏〟はない、ということは、今晩だけの座敷という意味だ。それなら、慣習通りでなくてもどこからも文句は出ないだろう。紹介人の双葉はすっかり藤乃に夢中で、今や彼女の機嫌取りしか頭にないようだ。

(四十も過ぎた立場ある軍人さんが、藤乃姐さんにかかっちゃ形無しだな)

佳雨は笑いを噛《か》み殺し、澄ました顔でゆっくり視線を隣へ移した。初めてまともに顔を合わせた途端、たちまち義睦は赤くなる。世間知らずのお坊ちゃんを誑《たぶら》かしているような気分になり、なんとなく佳雨まで決まりが悪くなった。

「あの、義睦様」

「は……はい」

「不躾《ぶしつけ》な問いかけで申し訳ありません。今夜は、どうしてこちらに……?」

「…………」

「いえ、義睦様のような若いお方が気軽に来るような場所でもないでしょう。おまけに、張見世に出る遊女を買うのと花魁を呼ぶのでは、天地ほど違いがあります。そんな無理を押してまでいらしたとなると、やっぱり気になるもんですから」

いきなりすぎたかな、と戸惑う横顔を見て考える。だが、酸いも甘いも噛み分けた客となら楽しめる遠回しなやり取りも、義睦相手では核心に触れる前に時間切れとなりそうだ。彼の目的はどう考えても自分だろうし、さっさと踏み込んで片を付けてしまいたかった。

「もしや、お父様のことですか。俺の存在が御不快なのは承知していますが……」

「あ、いいえ、貴方《あなた》を責めに来たわけではありません」

意外にも、義睦はきっぱり否定する。場慣れしない席で緊張はしているものの、内面はそうおとなしくもないようだ。育ちの良さで隠れてはいるが、見つめ返す瞳に強い意志を感じた佳雨は、「それなら良かった」とにこりと微笑《ほほえ》んだ。

「どんなお叱《しか》りを受けるかと、実はびくびくしていたんです」

「貴方が？　全然、そんな風には見えなかったけど」

「本番には強いですからね」

澄まして言い返すと、義睦はやっと表情を綻《ほころ》ばせた。笑うといかにも好青年で、近所の女学生辺りにさぞや憧《あこが》れられているだろうと思わせる。

「え……と、佳雨さん、でしたよね」

「はい」

「さっき、貴方は僕を若いと言ったけれど、そっちだって僕とあまり変わらない。それなのに幾つも年上のように落ち着いて見えるのは、やっぱり働いているからでしょうか」

「働いて……」

あまりに真《ま》っ直《す》ぐな質問をぶつけられ、頭が一瞬白くなった。いかにも世間知らずな坊ちゃんらしい物言いだが、その顔は真剣そのものだ。ふざけて口にしたのではないだろうことは、訊くまでもなく明らかだった。

「あ、気に障ったならすみません。その、僕が言いたかったのは……」

「いいんですよ。仰《おっしゃ》る通り、ここは俺の仕事場ですからね。小学校を出てから、ずっと働き通しです。姉は中学も行けと言ってくれたんですが、当時は廓の下働きをしていましたから余裕もなくて。お恥ずかしい話ですが、俺は色街以外の世界を知りません」

「でも、貴方はとても聡明《そうめい》だと伺いました。外国語もできるし、受け答えもしっかりしていて会話が弾むと。あの父が贔屓にしているからには、それも当然でしょうが」

「お父様は、義睦様に俺の話をされるんですか？」

意外に思って問い返すと、いくぶん照れたように義睦は笑う。

「一度だけですけどね。しつこく尋ねたら、教えてくれました。当時はちょっと抵抗もありましたから、素直に信じやしなかったんですが……少なくとも嘘ではなかったようだ」

「え？」

「とても綺麗《きれい》な子だと、父はそう言っていました。色街にしか咲かない、特別な花だと」

「………………」

さしもの義重も、相手が息子となれば少し饒舌《じょうぜつ》になるのだろうか。自分の知らぬところで仇花《あだばな》と称される我が身を、佳雨は複雑な思いで振り返った。

隣の席では、双葉がしきりに藤乃を口説《くど》いている。だいぶ酒が回ったのか、義睦がいるというのに頭の中は床入りで一杯のようだ。藤乃のあしらいから察して三回に二回はすっぽかされているらしく、今夜こそ、という意気込みが感じられた。

「すみません、なんだか……」

謝る筋でもないのに、義睦が声を落として恐縮する。

「父に頼むわけにもいかないので、屋敷へ出入りしている双葉さんにお願いしたのですが、お酒が入るとこんなに変わるとは思いませんでした」

「いいんですよ。ここは、羽目を外すために来る場所です。双葉様も、最初に御挨拶《ごあいさつ》をした時はきちんとしたお人柄とお見受けしました。きっと、藤乃花魁に相当惚《ほ》れていらっしゃるんでしょう。何しろ、当代切っての売れっ妓《こ》ですからね」

「でも、貴方の方が綺麗だ」

間を置かず義睦は言い、そんな自分に狼狽《ろうばい》の色を見せた。褒められて嬉《うれ》しくはあるが、藤乃は今の一言を聞き逃さなかっただろう。後でまた厄介なことになるな、と胸で呟《つぶや》きつつ、佳雨は「ありがとうございます」と礼を言った。

「ひとまず、面接試験は合格でしょうか」

「え……」

「俺に会いにいらしたんでしょう？　世間じゃ、男花魁は見世物と同じですからね。鍋島家の旦那様が男花魁贔屓だと知れば、息子の義睦様が心配になるのは当然です」

「あ、いえ、そうではなくて」

「はい？」

慌てて否定しようとする様子は、通り一遍のごまかしや嘘とは思えない。てっきり品定めに来たのかと思い込んでいた佳雨は、不可解な気持ちに捕らわれた。

「違うんです……」

言葉を探しているのか、違うと言ったきり一向に話が進まない。よほど話し難《にく》い事情でもあるのだろうかと、佳雨は困惑しつつ考えた。義重は月に一度か二度登楼するが、決して居続けをしたり過分な金を佳雨へ注ぎ込むわけではない。あくまで廓は遊びと割り切り、家庭や妻を疎《おろそ》かにしたりもしていないはずだ。

(それでも、生理的に納得ができようはずもないとは思うが)

しかし、義睦が自分を見る目に少なくとも憎悪や嫌悪はなかった。いっそ、はっきり感情が読み取れれば対応もできるのだが、どうも今一つ考えていることが読めない。

「いやいや、それでは義睦くん。お父上に、どうぞよろしく」

こちらの沈黙を破って、頭上から陽気な声がした。双葉だ。彼は相当酒が進んだのか、ふらつく足取りを藤乃に支えられながら、今にも座敷を出ていく素振りを見せた。

「あ、あの、双葉さん？」

「んむ、私はこれからちょいと野暮用がありましてな。また、お屋敷へは近いうちに伺わせていただきます。大丈夫、後のことは佳雨花魁に任せておきなさい。帰りは私の部下に送らせます。大門の前に車で待機させておりますから、それをお使いください」

「…………」

珍しく、双葉は口説きに成功したようだ。藤乃の肩を馴れ馴れしく抱きよせ、喜色満面で「失敬」とおどけて右手を挙げる。面食らった義睦は引き止めようと腰を浮かしかけたが、それを遮ったのは藤乃の冷ややかな眼差《まなざ》しだった。

「坊やは、早く帰っておやすみなんし」

「え……」

それきりまた珊瑚《さんご》の唇を引き結び、ツンと顔を逸《そ》らして歩き出す。その後ろを、金魚のような三人の振袖新造《ふりそでしんぞ》がしゃなしゃなとついていった。気がつけば芸者衆や幇間はとっくに双葉が下がらせており、座敷には佳雨と義睦の二人がしんみりと残される。

「まいったな……」

困り果てた声で、義睦が呟いた。

「佳雨さんは、付き添いの方はいないんですか？　それなら、後で僕が見世まで……」

「まさか。ちゃんと別室に控えてますよ。いつもなら同席させるんですが、今日は少し特別だったので、あらかじめ俺一人でお会いしようと思っていたんです」

「そう……だったんですか」

「いい機会なんで、お教えしましょう」

初々しい義睦の態度を微笑ましく思い、佳雨はついでとばかりに続ける。

「本来は、初回でお客様とこんなに話はしません。花魁は、客を選ぶ側ですからね」

「客を選ぶ……」

「そうです。このお方を旦那にしてもいいか、気のない素振りで値踏みをするんです。客は指一本触れちゃいけません。二回目の〝裏〟でようやく言葉を交わし、三回目でやっと床入りです。でも、義睦様は俺を買いにいらしたわけじゃなさそうだし、学生の身でそうそう色街へ出入りはできないでしょう。今日限りと思ったからこそ、こうしてお相手をしているんですよ。もっとも、次に通われたところで俺は会いませんけどね」

「そ、そうなんですか？」

居留守を使います、と平然と答えると、一瞬黙り込んだ後、義睦はぷっと噴き出した。佳雨も一緒になって笑い、しばし和やかな空気が二人を包む。

やがて、義睦は意を決したように、居住まいを正して佳雨へ向き直った。

「――佳雨さん」

「なんでしょうか」

「夏目《なつめ》蒼悟、という人を知っていますよね」

「…………」

「いや、知っているはずだ。彼は、貴方の顧客だと聞きました。もちろん、佳雨さん自身にも興味はあったので一度はお会いしたいと思っていましたが、それはもっとずっと先の話だと思っていた。でも……事情が変わったんです」

「事情が変わった？」

なんのことだろう、と不安が胸に波風を立てる。

蒼悟と義睦は異母兄弟にあたるが、昨年蒼悟が認知されるに当たって鍋島家の人間は初めて彼の存在を知らされたようだ。義重自身、過去の恋人が自分の息子を産んでいたとは知らなかったようなので、それはもっともな話だった。

だが、蒼悟は鍋島家の財産や家督に対してまったく興味がない。手紙のやり取りをしている梓《あずさ》の話だと、相変わらず貧しい暮らしをしながら、音楽大学出身の腕を生かしてヴァイオリンで生計を立てているらしい。そんなつましい暮らしの彼へ、子爵家の直系として何不自由なく育てられた義睦が一体なんの事情を伝えようというのだろうか。

「僕が、直接会いに行ったのでは駄目なんです。恐らく、夏目さんは聞く耳を持ってはくれないでしょう。ですから、どうしても佳雨さんからお口添えをお願いしたいんです」

「ちょ、ちょっと待ってください。あの、俺にはお話がまったく……」

「花魁の馴染みともなれば、通うだけで大変な費用がかかると聞きます。それでも、あえて佳雨さんの客になったということは、それだけ貴方に惚れ込んでいるからだ。ならば、きっと彼も佳雨さんの言葉には耳を傾けます」

「義睦様……」

真剣な表情で詰め寄られ、わけがわからないまでも無下《むげ》にはできなくなる。だが、彼は大きな思い違いをしていた。確かに蒼悟は自分の客だが、通ってきたのは佳雨の名代《みょうだい》として顔を出す梓が目当てだったからだ。そのことを彼は土下座してまで詫び、梓の水揚げの後はけじめをつけるために『翠雨楼《すいうろう》』へも一切顔を出していなかった。

(だから、俺の口添えなんぞ役には立たないんだが……)

だが、真実を伝えて梓に迷惑がかかっても困る。どうしたものか、と佳雨が困惑していると、義睦が真っ直ぐこちらを見据えて言った。

「僕は、夏目さんに鍋島家へ入っていただきたいんです」

「え?」

鍋島家へ入る――それは、何を意味しているのだろう。

もしや、と顔色を変える佳雨へ、義睦は尚《なお》も思い詰めた調子で言い募った。

「要するに、将来は彼に家督を継いでもらいたいのです」

「…………」

「あの人は、外腹とはいえ認知もされた鍋島家の長男です。相続は嫡長優先が原則ですし、次男の僕としては彼に後をお任せするのが筋だと思います」

「それは……鍋島様の御意志なのですか？」

「父は知りません。でも、僕が相続を拒めばいいことです。多分、どこからも反対は出ないでしょう。鍋島家の家憲にも、本来は〝男子直系の長が継ぐべし〟とあるんですから」

「義睦様……」

あまりに突拍子もない申し出で、すぐには考えがまとまらない。

確かに、認知をした以上は蒼悟が後継ぎになるのが順当ではある。だが、本人は梓と心を通わせ、彼と幸せになる夢だけを糧《かて》に日々を生きる無欲な青年だ。帝王学を学び、上流社会に生まれ育った義睦とでは貴族の一員としての素養がまるきり違う。

（第一、梓……梓はどうするんだ。蒼悟さんが鍋島家を継げば、いずれは彼が子爵様だ。いくらなんでも、男花魁が子爵様の元へなんて行けるわけがない。女なら愛人という道もあるだろうが、男が相手じゃどう転んだって世間様は許しゃしない）

久弥との恋に身を焦がす、己の立場と梓が重なった。

あの子が明るく慕ってくれたお陰で、自分はどれだけ救われただろう。梓がいるから、佳雨はしゃんと背を伸ばし、意地を張り通して笑うことができた。どんなに辛《つら》い時も、梓の手本でいることが佳雨自身を奮い立たせてきたのだ。そんな大事な可愛い弟分を、泣かせる真似だけは絶対にできない。

「義睦様、生憎《あいにく》ですが……」

「貴方にとっても、悪い話ではないと思うんですよ」

断ろうとした佳雨を遮り、義睦は自信ありげに微笑んだ。

「夏目さんが鍋島家へ入れば、身請け金くらいすぐに都合ができますから」

「な……」

「その時は、及ばずながら僕も彼へ力を貸しましょう。伊達《だて》に、後継ぎとして教育を受けてきたわけではありません。父だって、母への手前反対はできないでしょう」

「義睦……様……」

先刻までの初々しい好青年の顔は、跡形もなく消え失《う》せていた。

佳雨は、怖いほど冷静になった瞳を半ば呆然と見つめ返す。そこまで彼を追い詰めた『変わった事情』とは、一体何なのだろうか。

「いかがです、佳雨さん。大門を出て行きたくはないですか」

なかなか首を縦に振らない佳雨へ、義睦がジリジリと詰め寄ってきた。

「いくら貴方が稼いでも、自由になるにはまだ何年もかかるでしょう？　でも、僕の頼みをきいてくれるなら、秋にはここを出られます」

「ちょっと待ってください。俺は……」

「何を迷うことがあるんです。こんな旨《うま》い話、きっと他にはありませんよ」

「義睦様……」

「身請けだけでは、まだご不満ですか」

彼はかなり焦《じ》れた様子で、深々と溜《た》め息を漏らす。言葉を重ねるごとに態度は傲慢《ごうまん》になり、ついには「これならどうだ」と言わんばかりにとんでもない名前を出してきた。

「時に佳雨さん、貴方の間夫《まぶ》は『百目鬼堂』の御主人ですね？」

「どうして、それを……」

「色街ではだいぶ知られた話だと、双葉さんが仰ってました。頻繁に通われ、貸切の晩も珍しくはないとか。大方、割りを食った輩がやっかみ半分に言い触らしたんでしょうね」

「…………」

なんだか、とても嫌な予感がした。

胸の辺りが不穏にざわつき、佳雨は無意識に右手で押さえる。

「佳雨さん」

義睦は静かに呼びかけ、品の良い口元を意味深に動かした。

「僕、知っています。『百目鬼堂』さんが必死で探している鏡が、我が家にあるって」

「え……」

「夏目さんを説得してくれたら、僕がその鏡をお返しします。――どうですか？」

「義睦様が……鏡を……」

「さぁ、今度こそ返事を聞かせてください。夏目蒼悟を、鍋島家へ戻したいんです」

障子を開けた人物を見るなり、身体《からだ》が弾《はじ》かれたように飛び出した。

「若旦那！」

無我夢中で久弥の胸に抱きつき、その首に齧《かじ》りつく。遅れて心が追いつき、佳雨は胸の中で幾度も久弥の名前を呼んだ。本当は声を出しているつもりでいたが、唇はようやく会えた嬉しさにただ震えるばかりで思うようにはならなかった。

「佳雨……」

久弥もまた、息が止まるほどの力で抱き締めてくる。愛《いと》おしげに髪へ口づけ、くり返し指で梳《す》く仕草には、溢《あふ》れる想いを完璧には伝えられないもどかしさすら感じられた。

「こんなに……こんなに早くお会いできるとは、正直思っていませんでした」

相手の身体をかき抱き、自然と声が潤み出す。

「でも、たった一ヶ月ですら俺には辛かった。本当に、途方もなく長い時間でした。若旦那からのお手紙を、幾度読み返したかわかりません。あてどもなく待つことはできるけれど、

〝おいでにならない〟と知って過ごす夜はひどく頼りないものでした」

「ああ、俺も同じだよ。特に、佳雨には心配をかけたままだったしね。でも、最近のおまえが以前と同じく……いや、それ以上に評判を高めたと噂《うわさ》に聞き、やはり敵《かな》わないと思い知らされた」

「え……？」

もしや、久弥は色街まで来ていたのだろうか。最初の一通こそ希里へ託されたが、二通目からは普通に郵便で届いていた。だから、よもやすぐ近くに彼がいるとは思わなかったのだが、佳雨の無言の問いかけに久弥は照れ臭そうに笑うばかりだ。

「おまえの強さは、意地の裏返しだ。逢瀬を禁じられて拗《す》ねるどころか、ますます美しく客人を虜《とりこ》にする。佳雨の名前を誰かが口にする時、俺は嫉《しっ》妬《と》を感じると同時に誇らしくもあったよ」

「若旦那……」

ああ、やっぱり……と、溜め息が出た。

会えないのを承知で、彼は来てくれていたのだ。

「好きです……好きです。どれだけ、若旦那にお会いしたかったか」

「俺もだよ。佳雨、もっと顔を見せてくれないか」

請われてようやく顔を上げた佳雨に、久弥の唇が近づいてくる。重ねた途端に広がる微熱

は、焦れて熟れた分だけ肌へ甘く染み通っていった。

「ん……」

恋しい吐息。

恋しい舌。

この世の宝を全て積まれても、これだけは誰にも譲れない。痛いほど擦《こす》れる唇に、久弥の真《まこと》が宿っている間は。強く吸われ、呼吸を奪われながら、佳雨はその言葉だけを頭に描く。狂おしいほどの情欲が、口づけの数だけ身体へ妖《あや》しく火をつけた。

「佳雨、おまえ……」

「は……い……」

虚《うつ》ろに瞳を開き、羞恥《しゅうち》に上気する頬《ほお》を久弥の胸へ押しつける。

「佳雨……」

それだけで、彼には何もかも通じたようだ。再びきつく抱き締められ、戸惑う間もなく帯が乱暴に解かれていった。艶めかしい衣擦《きぬず》れの音がして、はらりと金糸銀糸で彩られた布が畳に落ちる。佳雨は深く息を吐くと、消え入りそうな声で呟いた。

「抱いてください……今すぐ」

喘ぐような懇願に、久弥が無言で頷《うなず》いた。そのまま軽々と抱き上げられ、隣の閨まで運ばれる。布団の上へ下ろされる時も、少しも離れたくなくて子どものようにしがみついた。

「こら、これじゃ何もできないぞ」

「あんたを、俺のものにできたらいいのに」

「え？」

久弥を抱きながら、漏らした本音に涙が混じる。

「あんたを独り占めして、このまま一つになってしまいたい。鼓動も吐息も体温も、どちらのものかわからなくなるくらい溶け合ってしまいたい」

「佳雨……」

「それが無理なら、離れた時間分、抱いてください。若旦那の全部を俺にください」

支離滅裂なことを言っていると思った。こんなのは、赤子の我儘《わがまま》より始末に負えない。けれど、衝動に任せて口にした言葉の一つ一つは、全て偽らざる想いだった。

「——おいで」

久弥が、優しく身体を抱き寄せる。声は濡《ぬ》れていたけれど、佳雨の瞳に涙はなかった。こんな結果を招いたのは自業自得で、何の咎《とが》もない久弥を巻き添えにしてしまったのだ。泣く資格などないと、必死で自分へ言い聞かせていた。

「本当は……」

「ああ」

「本当は、不安で不安で仕方なかった。この一ヶ月、俺はどれだけ自分を責めたかわかりません。若旦那の真は一つなのに、どなたかと見合いをすると聞いただけで芯が崩れてしまいました。だからこそ、これは自分への罰なんだと言い聞かせ、会いたい気持ちを押し殺してきたんです。でも……」

「………」

「そのために、若旦那にまで恥をかかせてしまいました。廓で出入り禁止を食らうなんて、かつて遊び上手と謳《うた》われたお方がと思うと……俺は、それが悔しくてなりません」

佳雨の独白に、久弥はふっと小さく笑みを零《こぼ》す。何がおかしいんですか、と尋ねると、彼は少し困ったような顔で抱き締める腕に力を込めた。

「今、希里が俺に〝バッカじゃねぇの〟と言った気持ちがよくわかったよ」

「え……」

「いや、バカなのは俺の方だがね。元はと言えば、俺が見合いの件をおまえへ打ち明けておかなかったのが発端だ。佳雨、おまえは何も悪くはないんだ。むしろ、こちらの不誠実を責めたっていいのに、よく俺を見捨てずに許してくれたね。……ありがとう」

「そんな、若旦那を見捨てるなんて……」

慌てて言い返そうとしたが、「もういいから」というように唇を塞《ふさ》がれる。確かに、再び逢瀬が叶《かな》うようになった今、どちらの咎かなんてどうでもいいことだった。

「愛しているよ、佳雨。おまえが望む通り、俺の全部はおまえのものだ」

「若旦那……」

「久弥と呼んでくれ。俺は、おまえの声に弱いんだ」

端整な顔にうっとりするような微笑を浮かべ、久弥が甘くせがんでくる。

先刻の熱が戻ってくるのに、ほとんど時間はかからなかった。


「あ……う……」

乱れる着物の裾《すそ》を割って、久弥の雄が入口へあてがわれる。逞《たくま》しく息づくその熱に触れ、佳雨の全身が悦《よろこ》びにわななないた。

「ひさ……やさま……」

「もっとだ、佳雨。もっと俺を呼んでくれ」

「久弥様……ひさや……さ……」

ずぶり、と貫かれ、甘い衝撃に思わず背中がしなる。

ああ、と吐息混じりに漏らした声は、愛しい男に犯されることで一層艶《つや》を帯びていった。

「強……い……あぁ……久弥さ……ま……」

唇を貪《むさぼ》られ、腰を徐々に激しく打ち付けられながら、痺《しび》れるような快感が幾度も爪先《つまさき》まで駆け抜ける。ようやく抱き合うことのできた感激は、そのまま深い快楽となって二人を深く包み込んでくれた。

「はぁ……ああ……ぁ」

圧《お》し掛かる重みに愛を感じ、佳雨は限界まで久弥を受け入れる。先走りに濡れる分身を彼の手で擦られ、その先端を指の腹で刺激されただけで、頭に霞《かすみ》がかかってきた。

「あぁ……久弥さ……ま……」

「佳雨……愛しているよ」

「は……い、俺……も……」

前を弄《いじ》られ、後ろを突かれ、言葉を組み立てることさえ困難になってくる。熱く蕩《とろ》ける内壁はしっかりと久弥の雄に絡みつき、柔らかな粘膜が吸いつくように彼を虜にしていった。

「いいのか、このままで……？」

衣服を脱ぎ捨てた久弥に比べ、佳雨は半裸の状態だ。だが、帯を解くまでが精一杯で他はもどかしくて構ってはいられなかった。いいんです、と羞恥に彩られながら呟くと、久弥はくすりと笑って再び愛撫《あいぶ》へ没頭した。

「ん……っ……」

太股《ふともも》まで捲《めく》れ上がった着物が、久弥の動きに合わせて衣擦れの音をたてる。その淫靡《いんび》な音色に芯が火照り、唇から首筋へと移る口づけに佳雨は身悶《みもだ》えた。

「んく……っ」

久弥の唇が押し当てられると、その場所が次々と燃え始める。尖《とが》らせた舌先が鎖骨を舐《な》め上げ、大きく開いた襟《えり》から覗《のぞ》く乳首を嚙まれると、たまらず声が溢れ出た。

「もう少し触るぞ……？」

「え、あ……あぁっ」

固く張り詰めた佳雨自身を、久弥が強く弱く手の中で慈しむ。組み敷かれ、咽《むせ》び泣きながら咥《くわ》えた恋人の中心は、佳雨の反応でその動きを巧みに変えていった。

「久弥さま……そこ……そこは駄目です……」

「おまえに言われると、余計に責めたくなるな」

「あっ、駄目です……駄目……っ」

敏感な部分を抉《えぐ》るように刺激され、びくんと大きく身体が跳ねる。目の眩むような感覚が佳雨を襲い、強い波に攫《さら》われそうになって、思わずきつく久弥へしがみついた。

「ああっ……」

滑らかな背中の肩甲骨が、汗で湿って手のひらへ吸いついてくる。

無我夢中で抱きつくと、上気した肌の香りが佳雨の鼻腔《びこう》をくすぐった。久弥の香りだ、と感じた瞬間、またきつく自分の中の彼を締め付ける。久弥が小さく溜め息を漏らし、「こら」と笑みを含んだ声音で微《かす》かに笑った。

「んんぅ……はぁ……」

律動は緩やかに速度を上げ、抱かれた腕の中で佳雨は揺れ続ける。

淫猥《いんわい》に蠢《うごめ》く情熱は、突かれるたびに熱く蕩けていくようだった。擦れる肌の甘い痛みも唇で嚙まれた切ない余韻も、全てが自分を支配する男によって与えられている。その事実が、ひたすら嬉しくてたまらなかった。

「好き……好きです……」

掠《かす》れる声をうわ言のように重ね、佳雨は泣きたくなっている自分に気づく。幸福なはずなのに胸が痛み、何故《なぜ》自分たちは別々の人間なんだろうとふと悲しくなった。

「ずっと、こうしたかった。ずっと……ずっと」

「佳雨……」

「久弥様の熱を、もっとください。俺の身体が溺《おぼ》れるほど、あんたをもっと俺にください」

開いた脚を久弥の腰に絡め、より深く彼を導いていく。今はただ全身で久弥を感じ、髪の毛一本まで余さず彼に征服されたかった。

「ああっ……う……くう……っ」

一際激しい律動に、壊れてもいい、と本気で思う。

繋《つな》がった場所はもはや痺れて感覚を失い、それでもまだ疼《うず》いているのが切なかった。

「佳雨……佳雨……」

久弥が苦しげに眉根《まゆね》を寄せ、快楽の淵《ふち》で耐えている。せがんだ分だけ狂わせようと、その動きはますます巧妙になってきた。佳雨の弱い部分を知り尽くし、それでもまだ足りないと

彼は湿る肌へむしゃぶりついてくる。張り詰めた分身への淫《みだ》らな愛撫は、深く浅く突かれる衝撃と一緒になって、佳雨をじりじりと絶頂へ追い詰めていった。

「愛して……ください……」

理性を飛ばした唇から、潤んだ声音が零れ落ちる。

「愛してください、久弥様……あんたがいれば、他には何もいらない」

「え……」

「どうしよう、苦しくて死にそうだ。あんたが好きで……死にそうだ……」

「佳雨……」

迷子の子どものようにくり返し、佳雨は深く息を吸い込んだ。一際大きなうねりが内側からやってきて、意識ごと高みへと連れ去ろうとする。あ、と頭が真っ白になった瞬間、久弥の情熱が最奥で迸《ほとばし》るのを感じた。

「ああ……っ」

ぐんと反らした身体を、久弥の腕が力強く支える。

交わる体液が太股を濡らし、佳雨は激しく喘《あえ》ぎながらうっすらと瞳を開いた。

「久弥様……」

「このバカ」

「え……？」

「あんまり可愛いことを言うから、堪《こら》えが利かなくなっただろう」

照れ臭そうに文句をつけられ、思わず「すみません」と謝ってしまう。

久弥は佳雨を抱き締めると、いつものように己をすぐには引き抜こうとせず、小声で「もう少し付き合え」と言ってまた笑った。


真夜中、佳雨はふと目を覚ます。

今夜は久弥が貸し切ってくれたので、朝まで一緒にいられるはずだ。久しぶりの温《ぬく》もりに安心して眠りに落ちたが、真夏の気温に妨げられて妙な時間に目覚めてしまった。

「若旦那……？」

ようやく意識がはっきりしてくると、隣で寝ていた久弥の姿がない。一体どこへ、と慌てて身体を起こし、居間に続く襖《ふすま》を開けてみた。中庭に面した窓を開け放し、桟《さん》に腰かけた背中が行灯《あんどん》の明かりに浮かびあがる。見覚えのある流水紋の浴衣《ゆかた》に安堵し、佳雨はそっと声をかけてみた。

「涼んでいらっしゃるんですか？」

「ああ、佳雨か。すまない、起こしてしまったね」

「いえ……自然と目が覚めてしまいました。まだまだ寝苦しい夜が続きますね。いっそ、水風呂にでも入りたいくらいだ」

「汗一つかかずに花魁衣装を着こなすくせに、人並なことを言うんだな」

「俺だって、添い寝の相手で体温も変わります」

負けずに憎まれ口を叩き、笑って久弥の側《そば》まで行く。佳雨の浴衣へ目を留めた彼は、畳に座るこちらを見下ろして「朝顔か」と嬉しそうに呟いた。

「さすがに、この時間じゃ花は見られないと内心がっかりしていたんだ。だが、思わぬところで得をした。佳雨、おまえに朝顔は本当によく似合うな」

「嬉しいですね。一番好きな花なんですよ」

「そうなのか？　それは知らなかったな。初耳だ」

「花言葉っていうものがあるの、若旦那はご存じですか。朝顔の花言葉は〝はかない恋〟って言うそうです。そいつを聞いてから、なんだか余計に愛おしくなりました」

「〝はかない恋〟……」

久弥が、少しだけ悲しげな声で反芻《はんすう》する。窓辺に置いた朝顔の鉢には、夜明けを待つ蕾《つぼみ》が支柱に絡みついてまだ幾つもついていた。佳雨は静かに右手を伸ばし、柔らかく久弥の手を握り締める。そのまま彼の膝《ひざ》に繋いだ手を置くと、「でもね」と小さく先を続けた。

「俺と朝顔は違います。若旦那がいてくださるなら、一日中だって咲いていられる」

「佳雨……」

「七年、待っていてくださいますか」

想いを込めて、真っ直ぐ尋ねてみる。久弥には、なんのことかすぐ察せられたようだ。指を絡め、強く握り直してから彼はゆっくりと微笑んだ。

「七年と言わず、百年でも待つよ」

「それじゃ、漱石《そうせき》の小説と同じになっちまいます」

先日読んだばかりの幻想的な話を思い出し、佳雨が混ぜっ返した。それもそうか、と久弥は苦笑し、屈《かが》んで佳雨の左頬へ手のひらを当てる。

「第一、あの話は百合だったな。朝顔じゃない」

「だけど、七年というのは本当ですよ？」

「そんなのは、初めから覚悟していたよ。娼妓が自力で大門を出るのに、二年や三年ということはないだろう。まさか、おまえは考えちゃいなかったのか？」

「すみません……」

久弥の手に包まれ、甘えるように頬を擦り寄せながら、佳雨は素直に白状した。

「もちろん、考えてはいました。だけど、真面目に思い詰めると迷いばかりが生まれそうで、最近は目を逸らしていたんです。若旦那の見合いといい、俺の気概がしっかりしていないせいで余計なご迷惑をおかけしました。もう、現実から逃げるのはよします」

「おまえは、そうやってまた自分を責める。さんざん言ってきただろう？　なんでも己の咎と思い込むなと。大体、見合いの話は俺が悪かったと言っているじゃないか。あれは、鍋島家から持ち込まれた縁談なんだよ」

「え？」

想像もしていなかった名前が出て、反射的に顔を上げる。見つめる久弥の顔は、月明かりの下でなんとも決まりが悪そうに笑っていた。

「本当なんだ。以前も話したが、俺の叔母《おば》は鍋島家へ嫁いでいる。その縁で、縁戚《えんせき》の令嬢を引き合わせたいと奥様の方から話があったんだ」

「……………」

「平民の叔母は、子爵家へ入ってそれなりに苦労していてね。彼女の立場もあるから、会わずに断るわけにはいかなかった」

「そのこと、鍋島様は……」

「無論、承知だろう。だが、鍋島家は直後に身内で騒動が起きて、俺の縁談については考える余裕もなかったんだと思う。だから、故意に隠していたわけではないんじゃないかな。俺が〝鍋島様に変わったところは〟と訊いたのは、鏡のことも嘘じゃないが、あの人が縁談の話を仄《ほの》めかしたりしなかったか確かめたかったからなんだ」

「そうだったんですか……」

少し前に登楼した際、そういえば義重は浮かない様子だった。感情が安定しているのが紳士の条件だと言い、人前で滅多に翳《かげ》りを見せない彼にしては非常に珍しいと思ったのだ。

「実は、若旦那にお話ししようと思っていたことがあるんです」

「ん？」

「鍋島様のご令息、義睦様が色街へおいでになりました」

「なんだって？」

さすがに、久弥の顔色が変わった。

「義睦様といえば、まだ学生じゃないか。確か、十八歳かそこらだったはずだぞ」

「陸軍の双葉様を紹介人にして、『松葉屋』へ俺をお呼びになったんです。そこで……」

「え……？」

「俺は――義睦様に、とんでもない無礼を働いてしまいました」

「佳雨……」

何をした、と問うのがためらわれるのか、久弥が瞳を覗き込んでくる。

佳雨は一つ溜め息をつき、義睦が言い出した突拍子もない取り引きについて語り出した。

『鏡を？　義睦様、それは本気で仰っているんですか？』

『もちろんです』

最強の切り札を出した自信のせいか、勝ち誇ったように義睦が笑む。

廓からの身請けと、愛しい間夫の望んだ鏡。

蒼悟の説得役を引き受けさせるには、充分すぎる条件と踏んでいる顔だ。

『あの鏡は、父が「百目鬼堂」とは別の骨董《こっとう》商から買い求めたものです。客用の居間に飾ってあって、その気になればいつでも持ち出せます』

駄目押しをした後、どうです、と言わんばかりに小鼻が膨らんだ。

だが、不幸なことに義睦は佳雨について何も知らなかった。

艶《あで》やかで匂《にお》やかな、大見世『翠雨楼』の裏看板。震えがくるほどの美貌と、見惚《みと》れるような所作の持ち主が――本当は爆竹のように荒っぽい気性だと。

『どうやら……』

しばしの沈黙の後、佳雨はふぅ……と息を吐いた。

『藤乃姐さんの言ったことは、正しかったようだ』

『え？』

『〝坊やは、早く帰ってお眠りなんし〟』

『な……ッ』

妖艶《ようえん》な目つきで揶揄《やゆ》され、義睦の顔に朱が走る。だが、文句を言う暇さえ与えず佳雨はすらりと立ち上がった。商売柄、普段は努めて小柄に見せているが、そこは二十歳《はたち》の青年だ。凜《りん》と背筋を伸ばして見下ろしただけで、義睦は気遅れしたように唾《つば》を呑《の》み込んだ。

『義睦様』

静かだが、有無を言わせぬ迫力で佳雨は言った。

『今の有り難いお申し出は、俺の胸だけに収めておきましょう。でも、今すぐお帰りにならないなら話は別だ。申し訳ありませんが、誰に何をしゃべるかわかりませんよ』

『お、脅す気ですかっ？』

『脅すなんて、そんな人聞きの悪いこと仰っちゃいけません』

唇の両端をゆるりと上げ、冷たく美しく表情を変える。途端に纏《まと》う空気が凍りつき、夏の宵《よい》が吹雪の闇《やみ》へと様変わりした。義睦はぶるりと身震いし、呆然と佳雨を見つめ続ける。先刻まで確かに優位だったはずなのに、と彼は信じられない面持ちで瞬《まばた》きをくり返した。

『どんな事情がおありか知りませんが、義睦様は盛大な勘違いをされているようだ』

『勘違い……？』

『鈍い男だね』

にこりと笑んで、毒を吐く。

言葉の意味を摑《つか》みかねている義睦へ、少し屈んで佳雨は顔を近づけた。

『早い話が、子どもと取り引きはできない、と言ってるんですよ』

『え……』

『身請け代も鏡も、あんたの力でどうにかできることじゃない。もしできるとしても、義睦様、あんたの金じゃないいんだよ。たまたま子爵様の家に生まれただけで、自分で生み出した金なんぞ一銭だってないだろう？』

『…………』

『わかったかい？　もう少し分別の付く年になってから出直しておいで。そうしたら、酌の一つもしてやらないでもない。何しろ、あんたは俺の大事なお馴染みの御令息だ。父親の顔に泥を塗りたくなかったら、いい男になるまで俺の前には出てくるな！』

ぴしゃりと怒鳴りつけ、さっさと背中を向ける。手を叩いて隣室に控えていた希里を呼ぶと、佳雨は「お客様をお見送りしておいで」と取り付く島のない口調で言った。

『え、いいのか？　あの兄さん、なんだか真っ青だぞ』

『自業自得だ、構やしないよ。俺はね、相手の弱みに付け込む奴は大嫌いなんだ』

『でも、今夜のお座敷が上々なら、若旦那の禁を解いてもらえるんだろ？』

『あ……』

『あんな顔で客を帰しちまったら、クソ爺《じじい》はきっとカンカンになるぞ』

確かに、希里の言う通りだ。頭に血が上って、大事なことをすっかり忘れていた。

『……まぁ、仕方がないか』

小さく息をつき、苦笑いを浮かべる。

ここで振り返って、お愛想を言ったところで今更だ。無論、そんな気も毛頭なかった。義睦のやり口には腹が立ったし、あれでもできるだけ柔らかく対応したつもりなのだ。久弥に会える日が遠のくのは悲しいが、客を満足させるのと媚《こ》びへつらうのとでは全然違う。いつ再会しようと、彼が自慢に思う芯の通った男花魁でありたかった。

希里に促され、茫然自失の体で義睦が座敷から出ていく。項垂《うなだ》れた様子は、受けた衝撃の大きさを物語っていた。子爵家の人間として生まれ、その誇りを抱いて生きてきたであろう義睦は、初めて味わう侮蔑《ぶべつ》の視線と乱暴な言葉に打ちのめされているようだった。


「それは……」

一通り話を聞き終えた後、久弥はそう言ったきり黙り込む。

佳雨の無鉄砲さは、今に始まったことではない。そのせいか、義睦も相手が悪かった、とでも言いたげだ。まさか、綺麗に着飾った人形のような相手から「出直してこい」と怒鳴られるとは、きっと夢にも思っていなかっただろう。

「若旦那の言いたいことはわかります。俺も、大人げありませんでした」

少しだけ反省してそう言うと、今度はくすくすと笑われる。

「大人げないって、おまえだってようやく二十歳だろうに」

「とにかく、そんなことがあったんで俺は内心諦《あきら》めていたんですよ。大事なお客を怒鳴って追い返したんですから、禁が解かれるはずはないってね。ところが、驚いたことにその翌日になってお父さんが言ったんです。若旦那と会ってもいいと」

「ああ、俺もびっくりした。いつものように色街まで出かけ、所在なく引き返そうとしたら、急に妓夫《ぎゆう》が呼び止めてきたんだ。楼主からお話が、と言われた時は、次はなんだってヒヤリとしたよ。まさか、一ヶ月でお許しが出るとは思わなかったからね」

「俺も、その点は本当にびっくりしました」

話し終えて胸の支《つか》えが下りた佳雨は、ゆっくり久弥の膝へ頭を乗せた。髪を撫《な》でられ、夜風に当たっていると、いつぞや「蛍《ほたる》を見に行こう」と誘われ、一日だけ大門の外で過ごした夜を思い出す。あの日、自分は初めて久弥と結ばれた。半年間、遊郭の娼妓と客という関係でありながら指一本触れられず、切ない想いを抱いていた佳雨には、夢のようなひと時だった。

（もう一年たつなんて……なんだか嘘みたいだな……）

虫の音を聞きながら、これが全て幻だったらどうしよう、とバカげたことを考える。久弥の指が髪を梳き、その体温を間近に感じていても、佳雨の胸にはいつも『終わり』の欠片《かけら》が刺さっていた。それは、恋を全うしようという気概とはまったく別のものだ。

（若旦那は、お見合いをする。断ると仰ってはいるが、こんなことは今回限りではないだろう。これからも縁談は来るだろうし、そのたびにこんな思いをしなくちゃならないのか）

不安を口にすれば、久弥を困らせるだけだ。

心を乱したら、娼妓の務めが疎かになる。

だから、身の内へひっそり隠して、一人になった時に泣くしかない。

(この先も、ずっと……──)

そう思うと怖かった。

もっともっと強くならないと、きっと耐えていけなくなる。誇りを失い、嫉妬に取り乱す自分など佳雨は見たくはなかった。恋をしているだけでも精一杯なのに、余計な負の感情など背負いたくはない。

(だけど……惚れているからこそ、なんだよな……)

醜い嫉妬も自己憐憫《れんびん》の浅はかさも、恋をしなければ生まれなかった。そう思うと、想いを貫く覚悟と言うのは、自身の脆《もろ》さや弱さを見つめ直すことでもあるのかもしれない。

「佳雨、眠ったのかい?」

撫でる手を休めず、久弥が淡く尋ねてくる。

眠る振りをしながら、朝が来なければいいのに、と佳雨は思った。

朝顔が開くことはなくなるけれど、それでも夜のままならいいのに、と。


久弥の見合いは、お盆を直前にした大安の日曜日に行われた。

あまり堅苦しいのは苦手だと希望を出したため、場所は料亭などではなく鍋島子爵邸に定められる。そこへ見合いの両人の他、義重夫妻と仲介人が同席することとなった。

もともと、今回の話は仲介人が鍋島家との縁を深めるために持ち込んできたものだ。陸軍で大佐の肩書きを持つその人物は双葉宗次郎といい、見合いに臨む娘とははとこにあたる。鍋島家とも遠縁にあたり、彼の祖父が鍋島子爵と従兄弟《いとこ》同士なのだった。その縁で仕事上の付き合いも深くなり、屋敷への出入りも頻繁になったので、より結びつきを強めたいと考えたのだろう。身内からなんとか年頃の娘を探し出し、義重の妻へどなたか良縁はないかと相談した。その話が巡り巡って、叔母を通して久弥へ来たというわけだ。

双葉としては、少々不本意ではあったかもしれない。久弥は鍋島家の血族ではないし、爵位も持ってはいないからだ。だが、『百目鬼堂』の底知れぬ財力と人脈、加えて久弥自身の切れ者であるという高い評価を耳にして「ぜひに」と言ってきた。

「本日はお暑い中、ありがとうございます」

典雅な内装の食堂にて、まずは食事会が開かれる。義重の妻、蓉子《ようこ》の挨拶を皮切りに西洋の作法に則《のっと》った、本格的なフランス料理が順番に運ばれてきた。

「ほぉ、これは眼福ですなぁ。実に美しい盛り付けだ」

「料理長に、腕を奮わせましたのよ。どうぞ、気楽に召し上がって」

「百目鬼様は、英国へ留学されていたとか」

「骨董の世界というのは、実に奥が深いものでしてね」

「私は、自宅でピアノを教えていますの。五歳の頃から習っておりまして」

「この葡萄《ぶどう》酒は、少し渋みが強くなっているね。別の物へ取り替えなさい」

真っ白なテーブルクロスをかけられたアールデコ調の長テーブル、そこに向かい合わせに座った人々は思い思いの会話を楽しみ、料理を堪能《たんのう》していく。久弥の正面には見合い相手である令嬢が座り、折々で積極的に話しかけてきた。年は二十一歳というが、女学校を出てから自宅でピアノ教師をしているだけに、どこか印象が浮世離れしていて幼い。ハキハキ物を言う点は好ましいし、顔もなかなかの美形だったが、久弥の心はそよとも動かなかった。

もっとも、佳雨と恋人になってから、以前にも増して他人への興味が薄れたのは事実だ。元から久弥は骨董以外に心を震わせることがなく、自分でもどこかおかしいのでは、と思うほどだった。友人も多いし、それなりの恋愛経験もあるつもりだが、胸の真ん中にぽかりと空虚な穴が開いており、どうあっても塞ぐことができない。そんな侘《わ》びしさを抱えたまま大人になって、色街で思いがけず佳雨と出会った。

(佳雨……今頃は、昼見世に出ている頃だろうか)

動揺させるといけないので、見合いの日時は知らせていない。だが、終わったらその足ですぐさま『翠雨楼』へ向かい「もう何も心配はいらないから」と言ってやりたかった。

(まぁ、それもあと少しの辛抱だ。ここまでは思惑通りに事が運んでいる。鍋島様には申し

訳ないが、不肖の次男を育てた償いと思っていただこうか）

澄ました笑顔の下でそんな呟きを漏らし、久弥は葡萄酒のグラスを傾ける。美食家の義重が自ら選んだだけあって、これを飲めたことだけは幸運だった。

ほどほどに会話も弾んだお陰か、食事が終わる頃には令嬢はすっかり久弥が気に入った様子だ。場所を客用の居間へ移し、食後酒を楽しんでいる間も、彼女は久弥の隣に座って趣味や仕事の話などを興味深そうに質問してきた。

「おや、こちらの鏡は初めて見かけますね。どこで掘り出してきたんです？」

皆の話題が久弥の仕事に移ったのをきっかけに、飾り棚へ置かれた手鏡に目を留める。屈託のない久弥の声に、最初に答えたのは義重だった。

「早速見つけたか。どうだね、なかなかの品だろう。知り合いから〝珍しい物が手に入った〟と連絡を貰《もら》ってね。なんでも、京都の骨董市で買ったらしいが、思いの外の逸品だったよ。なんでも、室町時代の公家の物らしい」

「ああ、私が東北へ買い付けに行っていた頃でしょう。よろしければ、触らせていただいても構いませんか。室町となるとかなり古そうですが、状態はとても良さそうだ」

「いやいや、お二方ともちょっと待ってください。今日は見合いの席ですぞ。仕事のことなら、また別の機会に……」

「双葉様、これは仕事ではありませんよ。単なる、私の趣味です」

やんわり間に入った双葉へ、久弥はにっこりと言い返す。まいったな、というように嘆息し、彼は助けを求めて蓉子を見たが、夫の義重が収集品を自慢したがっているのを承知している彼女は黙って微笑んでいるだけだった。

「いいんじゃありません、おじ様。私も、百目鬼様のお仕事には興味があります。それに、その手鏡はとても美しいわ。目に留められるのもわかります」

「佳代子《かよこ》、しかしだね……」

令嬢の無邪気な後押しで、双葉も引き下がらざるを得なくなる。それでは、と久弥は布張りのソファから立ち上がると、黒檀《こくたん》の美しい飾り棚の前まで近づいた。

「京都の骨董市、と仰いましたね。東寺かな。あそこはがらくた市とは名ばかりで、全国から業者が出店しますからね。鍋島様のお知り合いは、御自分でこれを？」

「いや、彼もまた知人の紹介で手に入れたと言っていたよ。出元がはっきりしないのは気持ちが悪いんだが、何しろ幾人もの手を経ていてね。いずれ落ち着いたら、ゆっくりと当たっていこうとは思っている」

「そうですか」

話を聞きながら、久弥は注意深く手鏡を両手で持つ。長めの取っ手が付いた丸い鏡は、漆器の裏側に沈金の技法で桜と月が描かれていた。埋め込まれた金箔《きんぱく》や銀箔、その図柄の繊細な描写など、溜め息が出るような見事な細工だ。令嬢が「まぁ、綺麗」と娘らしく感激の声を上げ、義重も蓉子も満足そうに久弥がためつすがめつする様を眺めていた。

——だが。

「鍋島様、この手鏡を持ち込んだのはお知り合いの方でしたね？」

「ああ、そうだが……？」

「大変申し上げ難いのですが、今一度その方へ連絡を取られた方がよろしいかと思います。もしかすると、その方も被害者かもしれません」

「どういう……意味だね……？」

「この手鏡は、確かによくできています。だが、骨董と言われるにはあまりにも日が浅すぎる。作られたのは、ここ一、二年といったところでしょう。要するに、室町時代というのは騙《かた》りです。古く見せかけるよう工夫はされていますが、金箔・銀箔の状態はとても数百年を経ているとは言えません」

それまで賑《にぎ》やかだった空間が、突然水を打ったように静かになった。

久弥は残念そうに首を振り、手鏡を元あった場所へそっと戻す。しばらくは誰も口をきかなかったが、一番早く我を取り戻したのは門外漢であろう双葉だった。

「百目鬼さん、こんな場で悪い冗談だ。いくら目利きだろうと、ざっと眺めた程度で真贋《しんがん》の区別がつくもんですか。第一、鍋島様が偽物を摑まされたなどと、そんなことが……」

「もちろん、きちんと調べなくては確かなことは言えません。ですが……」

「…………」

「鍋島様なら、私の意見がどの程度信頼できるかおわかりのはず。私だって、伊達に『百目鬼堂』の看板は背負っておりませんよ。何せ、赤子の頃の遊び道具から骨董に埋もれてきましたからね。ですから……素人《しろうと》は黙っていていただけますか？」

「う……む……」

殊更饒舌に語る久弥を、双葉は煙たそうにねめつける。潔癖な令嬢はたちまち不快感を露《あら》わにし、「そんな言い方、少し嫌みじゃありませんか」と双葉に代わって反論した。

「百目鬼様は目利きかもしれませんが、何もこんな場所で偽物と公言なさらなくたって。貴方は、鍋島家に恥をかかせるおつもりですの？」

「これ、佳代子。おまえは黙っておいで」

「だって、おじ様。皆が見ている前で非常識ですわ」

「非常識なのは、偽物を本物と偽って金儲《かねもう》けをする輩です。私は、ただ真実を述べたまで。商売柄、贋作を手にして〝美しい〟とは口が裂けても言えません」

「まぁ……」

令嬢は真っ赤になり、憤った表情で口をつぐんだ。先刻までの親しみのこもった笑顔はかき消え、まるで己が偽物呼ばわりされたかのような顔になる。

「……百目鬼くん」

存外、冷静な声で義重が口を開いた。内面はわからないが、少なくとも表情に落胆や怒りの色はない。彼は予想外の展開に驚きつつも、まず真実を知りたがっているようだった。

「では、その鏡は君へ預けよう。専門家に鑑定をしてもらい、後日仔細《しさい》を報告してほしい。私もこれまで自分の目を信頼してきたが、その驕《おご》りが出たのかもしれないからね」

「了解しました。ついでに、贋作を制作した職人も探してみますよ。そうすれば、詐欺師の正体がわかるかもしれません」

「詐欺？　詐欺ですと？　そんな大事じゃあないでしょう」

双葉が呆れ返ったように口を挟み、滅茶苦茶になった見合いの席を嘆かわしげに見回す。彼の目論見《もくろみ》は、今や偽物の手鏡のせいで儚《はかな》くなろうとしていた。少なくとも令嬢はすっかり久弥へ興味を失い、一刻も早く帰りたそうな様子を見せている。

「大体、そんな風に事を荒立てるのは、それこそ鍋島家の体面に傷がつきますぞ」

「もちろん、私は公に動いたりはしませんよ。双葉様が御心配なさらなくても、その辺はきちんと心得ていますから」

「心得ている？　場の空気も考えず、無粋なことを言い出したのは誰だね？」

「あの、珈琲《コーヒー》の御用意をいたしました……」

双葉が激昂《げっこう》しかけた時、ノックの音に続いてメイドが入ってきた。彼女は重苦しい雰囲気に戸惑いながら、茶器を乗せたワゴンをゆっくりと押してくる。だが、当然ながら誰もお茶という気分ではなく、運ばれたカップへ口をつけようとはしなかった。

「やれやれ。とんだ展開になったものだ」

義重が苦笑し、メイドへブランデーを持ってくるよう言いつける。

確かに、今は珈琲よりもアルコールが必要な時だった。


見合いの席を後にし、久弥が一人悠々と屋敷から出た時、背後から駆け寄る足音がした。相手が誰なのか薄々わかっていたので、ゆっくりと足を止めて振り返る。案の定、先ほど珈琲を運んできたメイドの少女が、息を切らしながら立っていた。

「――ありがとうございました」

長い髪を二つのお下げに結った彼女は、そう言うなり深々と頭を下げる。久弥は右手に摑んでいた中折帽子を被《かぶ》ると、にこりと微笑んで「こちらこそ」と言った。

「お嬢さんのお陰で、首尾よく見合いを断ることができそうです。礼を言いたいのは、私の方だ。これで、もう当分は縁談など持ち込まれてはこないでしょうしね。いや、先方もこれきりにしたいと思っているんじゃないかな。本当に助かりました、小夜子《さよこ》さん」

「そんな、私、そこまでは……」

久弥の言葉に青くなり、小夜子は急いで首を振る。彼女が頼んだのは割ってしまった鏡の修復で、決して久弥を縁遠くさせようと思ったわけではないからだ。

「百目鬼様に〝修復は難しい〟と言われて、私、目の前が真っ暗になりました。まさか、あんな精巧な偽物をすぐ用意してくださるなんて……」

「贋作が出来上がるまで数日はかかるので、その間なんとかごまかしてくださいとお願いしましたが、上手くいったようですね。それだけが気がかりだったので、ホッとしました」

「ええ。もともと客用の居間は私が掃除係でしたし、このところ旦那様や奥様はお忙しくしていらっしゃったので。似たような鏡を置いておくだけで、遠目にはごまかせました。それでも、偽物とすり替える時は心臓が口から飛び出るかと思いましたけど」

「これで鏡は割れたどころか、もともと贋作だったとオチがつきました。貴女《あなた》には、もう何の咎もありませんよ。安心なさい」

「でも、そのせいで百目鬼様のお見合いが……」

小夜子は、再び暗い面持ちで目を伏せる。久弥の一言で和やかだった雰囲気は一転、冷ややかなものになった。白けた空気は最後まで消えず、令嬢は強張《こわば》った表情のまま早々に退散していき、返事など聞くまでもなく見合いは完全な失敗に終わった。

「何も見合いの席で、わざわざ偽物だと公言しなくても……と、あの場の全員が思ったことでしょう。空気を読まない、無粋な人間だとね。私だって、他人事《ひとごと》ならそう思います」

「ああ、どうしましょう。百目鬼様、本当に申し訳ありません」

「いいんですよ。それが、私の狙《ねら》いだったんです」

「え？」

「鏡が偽物であることが、見合いの前にバレなくて良かった。お嬢さんが仰るように、さすがの鍋島様もここ最近は骨董を愛《め》でるどころではなかったようですしね」

「あの、狙いって……？」

「気にしないでください。それは、こちらの話です」

久弥は笑ってごまかしたが、小夜子の不安はまだ拭《ぬぐ》えないようだ。小鳥を思わせる黒目がちな瞳を曇らせ、本当にこれで良かったのかと自問しているように見えた。

可憐《かれん》な子だな、と久弥は微笑ましく思う。鍋島家には多くの使用人がいるが、いつ見かけてもキビキビとよく働くメイドだと感心していた。年は十七歳だそうだが、五歳の時に身寄りを亡くして以来ずっと施設育ちだという。慈善活動に熱心な義重の妻が訪問した先で彼女を気に入り、自宅で雇うことにしたのだと聞いていた。

「御恩のある鍋島家に、私は大変な恥をかかせてしまいました。百目鬼様は、さぞ軽蔑されていると思います。だけど……どうしても、お屋敷を追い出されたくなかったんです」

「まぁ、それはそうでしょうね」

意味ありげに答え、久弥は戸惑う小夜子へ一歩近づく。

「あの、百目鬼様……？」

「聞いていますよ、義睦様のことは。結婚したい子がいると言い出して、鍋島家は大騒ぎなんだそうですね。あまつさえ、後継者の座は長男の蒼悟氏に譲ると。自分は自由の身になって好きな相手と所帯を持つんだと言い張って、絶対に引かないそうじゃないですか」

「………」

「お相手のお嬢さんって、小夜子さん、貴女なんでしょう？」

どうしてそれを、と彼女は驚いたように目を見開いた。か細い手足が震え出し、何も言わなくても久弥の指摘が真実なのを肯定する。苛《いじ》めているわけじゃないんだが、と苦笑しながら、久弥は更に言葉を重ねた。

「義睦様が、例の鏡について私の恋人へ話しにいらしたんですよ」

「よ、義睦様が？」

「ええ。『百目鬼堂』の主人が、うちにある鏡を欲しがっているようだ、とね。だが、そのことは小夜子さん、貴女しか知らないはずだ。鍋島様は、あれが盗品であることすら御存じなかったんですから」

「すみません……」

「しかし、驚きました。義睦様も無謀な真似をなさる。私の恋人に〝鏡を渡すから、代わりに蒼悟氏が鍋島家に入るよう説得しろ〟と迫ったそうです。どうやら、貴女は鏡を割ってしまったことまでは打ち明けられなかったようですね？」

「すみません、すみません！」

気の毒なほど項垂れて、小夜子は懸命に謝罪をくり返す。恋する少女の口を閉じさせるのがいかに至難の業か久弥にも見当はついたので、その点を責めるつもりはなかった。

だが、義睦が佳雨の誇りを傷つけたのは許せない。

彼は恋人と一緒になりたいがために蒼悟へ跡取りの座を押しつけ、鏡を餌《えさ》にして佳雨に説得役を迫った。周りを顧みない自己本位さにも呆れるが、何より色街の人間を見下したその態度が気に入らない。佳雨へ頼み事をしたいなら、土下座でもなんでもして必死で願えばまだ可愛げがあるものを、最初から立場や金に物を言わせるなど言語道断だった。

「私、鏡を割ってしまった時、本気で困っていたんです。あの日、百目鬼様が屋敷へ訪ねていらしたのは、天の助けだと思いました」

最初に相談してきた時と同じように、瞳に一杯の涙を溜めて小夜子は言う。

「確かに、百目鬼様が仰ったように私は義睦様のことをお慕いしています。孤児で使用人の私では身分違い、到底結ばれるわけはないとわかっていても、義睦様の側にいたい一心で百目鬼様にお縋《すが》りしました。あんな高価な骨董品、私にはとても弁償などできません。屋敷を追い出されたら路頭に迷うだけでなく、もう二度と義睦様にお目にかかれない……そう思ったら、正直に罪を告白することなどできませんでした」

「…………」

「義睦様は、絶対に一緒になろうと言ってくださいました。今、私の名前を出すのはまずいからと、一人で旦那様や奥様と話し合っておられます。だけど……これで良かったのでしょうか。大切な鏡を割って偽物とすり替え、素知らぬ顔で働く私を、もし義睦様が知ったらどんなに落胆されるか……」

「大丈夫。私は誰にも話しませんよ」

久弥はこれまで幾度も口にした約束を、改めて彼女へ言い聞かせた。

「それと、懸念していた見合いが済んだので、貴女に良いことを教えてあげましょう」

「良いこと？」

「ええ。貴女が割った鏡ですけどね、もともと偽物だったんです」

「え……？」

一瞬、小夜子は何を言われたのか理解できなかったようだ。あどけなく唇をポカンと開いたまま、惚《ほう》けたように久弥を見つめ続ける。今にも零れそうだった涙はいつの間にか引っ込み、身体の震えも止まっていた。

「あ、あの、それは……」

「本当です。要するに、私は割れた偽物を更に偽物とすり替えたわけです。今まで黙っていたのは、見合いの前に貴女が安堵《あんど》して他人へ話してしまうと、鏡を口実に見合いを壊そうと言う私の計画が崩れるからでした。許していただけますか？」

「百目鬼様……」

「まったく、貴族というのは厄介な生き物だ。金や権力を行使されるより、誇りを傷つけられる方が何倍も手痛く響くらしい。『百目鬼堂』は、古くから華族や士族と深い付き合いがありましてね。彼らの習性は、私も嫌というほど熟知しています。今回は、通り一遍の理由では見合いを断るのが難儀でした。まして、向こうは女性ですからね。こちらから振ったのでは、いくらなんでも気の毒でしょう？」

屈託なく話す内容も、全てが頭に入っているわけではなさそうだ。小夜子は相変わらず不可解な表情を浮かべ、何度もパチパチと瞬きをした。

「では……その……」

「はい」

「私が割ったのは偽物で……旦那様は、偽物を買わされたということですか？」

「そこなんですよ、問題は」

我が意を得たりとばかりに、久弥が乗り出す。怯《おび》えた小夜子が反射的に身を引き、傍目《はため》にはまるで男が女に言い寄っているかのような図式となった。

「何をしている！」

突然、玉砂利を荒々しく踏む音がして、青年の声が割って入る。小夜子が慌てて顔を上げ、次の瞬間ぱあっと頬を真っ赤に染めた。それだけで、久弥には相手が誰だか手に取るようにわかる。声の主は義重の次男、義睦だった。

「百目鬼さん。貴方、とっくに帰られたんじゃなかったんですか？」

「義睦様、待ってください。違うんです、百目鬼様は……っ」

「小夜子は黙っておいで。この方は、遊郭に恋人がいるんだ。しかも、相手は父が贔屓にしている男花魁だ。間違ってもおまえに懸想などしないと思うが、とにかく若い娘が男と二人きりで立ち話をするなど感心しないね」

「も、申し訳ありません」

「ああ、怒っているわけじゃないよ。いいからお下がり。後は僕が……」

「勿体《もったい》ぶった言い方をせず、妬《や》いていると素直に言えばいいじゃないですか」

やれやれ、とわざとらしく肩を竦《すく》め、久弥が義睦をねめつける。口調はあくまで穏やかだが、その眼差しはひどく冷たかった。なんだって、と義睦は僅《わず》かに気色ばんだが、刺し貫くような鋭さに思わずたじろいで口をつぐむ。

「先日は、私の恋人が失礼を働いたそうで」

「え……あ……」

「彼に代わって、私がお詫びします。……ですが、さすがは鍋島家の御令息だ」

「…………」

「帰りに、『翠雨楼』の者に仰ったでしょう。〝佳雨花魁は、噂通りの賢く綺麗な方だった。父が可愛がるだけのことはあります〟――とね」

「どうして、それを……！」

「その一言がなければ、私は貴方を潰《つぶ》すところでしたよ」

にっこりと愛想よく微笑んで、久弥は恐ろしいことを言った。決して言葉のあやなどではないと悟ったのか、義睦の表情が瞬時に強張る。小夜子はそんな二人をおろおろと見比べ、可哀想《かわいそう》なくらい真っ青になっていた。

「だが、やはりこれだけは言わせていただきましょう。義睦様、貴方は御自分が無力だという事実をしっかり認識なさるべきだ」

「どういう……意味です……」

「例の鏡ですが、あれは偽物です。ガラクタ屋へ持っていっても、二束三文にしかなりません。当然、私が探していた品とは違いますし、佳雨花魁への取り引きには使えませんよ」

「う、嘘だ！　だって、あれは父が……！」

「ええ、私もそこが謎ではあります」

ふぅ……とわざとらしく息を吐き、久弥は真面目くさった声を出す。

「鍋島様は、骨董への造詣《ぞうけい》が誠に深い。決して、迂闊《うかつ》に偽物へ手を出すような方ではありません。ですが、誓ってあの鏡は偽物です。もっとも、鏡が本物だったところで佳雨花魁は物や金では釣れませんよ。あの男は、澄まして見えて案外情に脆いんです。貴方が形振《なりふ》り構わず必死で頼めば、あるいは聞く耳くらいは持ってくれたかもしれませんね」

「…………」

「あんまり、私の恋人をバカにしないでいただきたい」

「え……」

「あれは、私が大事に大事に慈しんでいる男なんです。今度、彼を煩わせるような真似をしたら、いくら鍋島家の御令息といえど容赦しませんよ？」

品の良い笑顔を崩さず、凜と涼やかに久弥は言い放った。小夜子が「まぁ……」と溜め息を漏らし、先刻の動揺はどこへやら、やや感動の面持ちで胸に手を当てる。義睦は羞恥に顔を染めたが、自分に非があることは認めたようだ。少しの沈黙の後、神妙な顔で頷いた。

「わかりました。僕も、焦りすぎていたのかもしれません。父も母も頭から反対で、相手がどんな娘であれ絶対に許してくれそうもなくて。挙句の果てには、僕を海外へ出そうとまで言い出しました。今は小夜子の名前は出していませんが、いずれはきっとバレるでしょう。そうしたら、彼女は即刻解雇です。僕たちは別れさせられ、彼女は貧しい生活に逆戻りだ」

「義睦様、私のことでしたらもう……」

「そういうわけにはいかないよ。一緒になろうと誓ったじゃないか。小夜子、僕はおまえと別れるくらいなら死んだ方がマシだ。絶対に離したりはしない」

「義睦様……」

一度は乾いた瞳から、ポロポロと雫《しずく》が零れ落ちる。久弥は（まいったな）と胸で呟き、これ以上の関わりになるのはよそうと踵《きびす》を返した。鏡の件はまだ片付いておらず、やらねばならないことはたくさんある。何より、佳雨の憂いを一つでも減らすには、今後二度と縁談など持ち込まれないよう更なる手を打っておく必要があった。

「——百目鬼さん」

こっそり去ろうとした背中へ、義睦の声がかけられる。肩越しに振り返った久弥へ、彼は憑《つ》き物の落ちたような表情で言った。

「佳雨花魁に、僕が詫びていたとお伝えください。多分、もう二度とお目にかかることはないと思うけれど、貴方が賢くて美しいと言ったのは本音です、と」

「わかりました」

「それから……」

僅かに言い淀《よど》んでから、ふっと強気な光が瞳に戻る。

「今後とも、父をよろしくと。あの父が馴染みでいる限り、色街で一番美しい花魁は貴方だから——そう息子の僕が言っていたことも」

「…………」

「ありがとうございました」

最後に一矢報いて頭を下げる、その強《したた》かさに久弥は苦笑する。

義重との因縁は、どうやらまだまだ続きそうな予感がした。


「佳雨さん！」

空色の紗縮緬《しゃちりめん》に、色とりどりの夏草花の刺繍《ししゅう》。目にも艶やかで若々しい着物を翻し、梓が廊下の向こう側から駆けてくる。花魁にあるまじき行為だが、桜の時期に会ったのが最後なので、喜びを抑えきれなかったのだろう。

あの子は、いつも走ってるな。

顔一杯で笑っている梓を迎えながら、佳雨は心の中で嬉しく呟く。

夜毎《よごと》、男に抱かれる生活がどんな影響を及ぼすだろうと懸念していたが、桜の頃同様に翳りのない瞳が目の前にあった。それが梓の強さなんだと、今更のように佳雨は気づく。蒼悟と交わした将来の約束と、変わらぬ真心を込めた手紙の束が梓の芯をしっかり支えていた。

「佳雨さん、お元気でしたか。まさか、こんなところでお会いできるなんて」

「ああ、俺も嬉しいよ。梓も元気そうで何よりだ。それに、この前会った時より少し背が伸びたね？　顔立ちも、ほんの少し大人っぽくなったようだ」

「佳雨さんは、変わらずお綺麗です。いや、僕がお世話していた頃よりどんどん綺麗になるみたいだ。なんだか、悔しいな。いつも側で見られないなんて」

「おまえら、さっきから気持ち悪いぞ」

佳雨に付き添ってきた希里が、辟易《へきえき》した様子で毒舌を吐く。梓はムッとした顔で彼を見下ろすと、「このチビは、全然変わりませんね。黒くて細くて憎たらしいや」と言い返した。棟の違う部屋に住む二人は、同じ廓で寝起きをしていながら、なかなか顔を合わせる機会が少ない。梓も独り立ちしたのだからと、親しくするのを楼主が渋るせいもある。

だが、二人の結びつきは実の兄弟よりも深かった。

佳雨は梓に色街で生きる基本を教え込んだし、梓は佳雨の恋を成就する前から見守ってきている。そこで、久弥が手を回して楼主の目が届かない『松葉屋』で引き合わせてくれたのだ。時間は限られていたが、それでも幸福なひと時だった。

「佳雨さん、これどうでしょう。先だって、佳雨さんが空色の打ち掛けだったと別のお客様から聞いたんで、僕も真似をして揃《そろ》えてみたんです」

廊下では目立つからと、用意された小さな座敷へ移るなり、梓がくるりと反転して己の着物の感想をねだる。またしても希里が「けっ」とウンザリした声を出したが、今度は知らん顔で無視をしていた。

（梓……どうやら、夏目様とは安泰のようだ。良かった……）

無邪気に話し続ける様子に、佳雨は心の底から安堵する。

義睦が蒼悟を父の跡取りにしたいと言い出してから、ずっと梓のことが気がかりで仕方がなかった。先日、見合いを破談にしてきたと久弥が報告に訪れ、その際に義睦と話をしたと言っていたが、無礼を詫びてはいるものの跡取りの件は諦めてはいないようだったからだ。

(夏目様は承知などしないだろうが、やはり鍋島家の御長男には違いない。義睦様がいつまでも強情を張り続ければ、状況がどう転ぶかわかりはしないんだ)

そんなこと、梓には絶対に知らせてはならなかった。遊郭では奇跡的とも思える屈託のなさと素直な心根が、一遍で崩れてしまわないとも限らない。今夜、久弥が苦労して引き合わせてくれたのも、そんな佳雨の不安を慮《おもんぱか》ってのことだった。

「時に梓、夏目様はどうしていらっしゃる？　手紙は、相変わらず御熱心かい？」

「蒼悟さん……ですか」

「ああ。あの方は、真面目で誠実なお人柄だ。おまえを想って、せっせと手紙を書いては寄こしているんだろう？」

「………」

「どうした？　まさか、何か……」

蒼悟の名前を出した途端、梓がぱたりと黙り込んだ。佳雨の胸に不安が渦巻き、嫌な予感が当たったかと気持ちに焦りが混じる。もし、二人の淡い恋が引き裂かれるようなことがあ

れば、どんなに梓は嘆くだろうか。

「……佳雨さん」

やや俯《うつむ》きがちに、ポツリと名前を呼ばれた。

佳雨は心持ち緊張しながら、努めて普通を装って「なんだい」と返事をする。

「いいから、何でも言ってごらん。大丈夫、俺が悪いようにはしないから」

「これ……」

梓が右の袂《たもと》をゴソゴソとやり、やがて手のひらに乗る程度の和紙包みを取り出した。その袋に見覚えのある佳雨は「あ」と声を漏らす。その瞬間、浮かぬ顔だった梓がガラリと表情を変え、満面に笑みを湛《たた》えながら言った。

「どうぞ、これは佳雨さんの分です」

「梓、これは……」

「はい。いつぞや、佳雨さんからいただいたのと同じ金平糖です。梅酒の味付けの」

「だけど、これは京都の店でしか買えない物だろう？」

まだ梓が突出し前の新造だった頃、馴染み客から土産《みやげ》に貰った金平糖を駄賃にあげたことがある。宮内庁御用達《ごようたし》の高級な店の品で、駄菓子屋などで買う金平糖とは作りも味もまるで違っていた。今、それとそっくり同じ物がちょこんと畳の上に鎮座している。

「蒼悟さんが、送ってくれたんです。京都にお友達がいて、その方に頼んで買ってくれて。

僕の分の他、もし佳雨さんに会えたら……って」

「だけど、よく梅酒味なんて選ばれたね。そういう方面に気が回るお方には、失礼だけど思えなかったんだが。へぇ、なんだか久しぶりで懐かしいね」

「梅酒味っていうのは、僕が手紙でお願いしました」

「え？」

「ここんとこ、手紙が間遠になっていたんです。なんでも奨学金で大学院へ戻られるらしくて、その試験があったとかで。だけど、僕には何も知らせてくれなかったんですよ！」

思い出すと腹が立つのか、少々不機嫌な声音で梓は言った。

「理由がわからなけりゃ、こっちだって心配になるじゃないですか。だから、僕、たくさん文句を書いた手紙を送ってやったんです。悪いと思ってるなら、金平糖くださいって」

「梓……」

「佳雨さんにもあげたいから梅酒味と、あと僕には林檎《りんご》味。それと……」

急にそこで勢いが衰え、渋々といった調子でもう一つ袂から包みを取り出す。先ほどとは色違いの和紙で、薄紫の地に「ぶどう」とひらがなで印刷がされていた。

「食べたきゃ、持っていってもいいよ」

「え、俺？」

唐突に目の前へ菓子を突き出され、希里がキョトンと目を丸くする。

「俺も食っていいのか？」

「そうだよ。仲間外れは、後味が悪いからね。いらないなら、僕が食べるけど」

「食うよ」

「へぇ……食べるんだ……」

存外、素直に受け取られたので、梓は満更でもない様子だ。しかし、態度を軟化させるのは嫌らしく、希里へ向かって「礼くらい言いなよね！」と早速文句をつけた。

（梓……）

憎まれ口を叩き合う梓と希里を見ながら、佳雨はほのぼのと胸を温かくする。

こちらが気を揉《も》まなくても、梓と蒼悟の絆《きずな》は時間をかけて確かなものへと育っているようだ。梓の手紙を読んで青くなり、大急ぎで金平糖の手配をする蒼悟の姿が目に浮かぶ。娼妓は客を財布と見なし、どれだけ金を引き出せるかが腕の見せ所でもあるが、一方で金平糖を手紙でねだる我儘がなんともいじらしく可愛かった。

（そうか。仲良くやっているんだな）

幸せ――とは言えないかもしれない。どんなに想い合っても逢瀬すら叶わないし、様々な男と交わる日々はこの先もきっと何年も続く。

けれど、梓は笑っていた。これからしばらくは蒼悟に贈られた金平糖を、一粒ずつ大事に口へ入れるのだろう。やせ我慢はせず、怒りは素直にぶつけ、将来だけを見て生きていく。

それができる梓は、必ず蒼悟との未来を手に入れられる気がした。

「佳雨、食べないのか？」

遠慮なく袋の口を開けた希里が、ぶどうの金平糖を頬張っている。

そうだね、と微笑んで、佳雨も一粒の星を口へ放り込んだ。


義睦が屋敷の使用人と駆け落ちをしたという噂が耳に入ったのは、それから数日たってからのことだった。まだ表立って騒がれてはいないが、情報通の間ではすでに実《まこと》しやかに若い二人の恋物語が脚色され、尾ひれをつけてあちこちでささやかれている。そのせいか、このところ義重は色街へ顔を出さず、佳雨と約束をした扇風機が届けられただけだった。

「お礼のお手紙を、と思ったんですが、奥様の目に触れてもいけませんし……こんな高級な物、いただきっぱなしというわけにはいかないんですが……」

「いいじゃないか。さすがは、最新型の電化製品だ。佳雨、これで寝苦しい夜も安心だぞ」

「……若旦那。ちょっとは真面目に話を聞いてくださいな」

見合いが片付いてよほど肩の荷が下りたのか、このところ久弥は御機嫌だ。今夜は帰らないと決めたのか、さっさと佳雨に預けてある浴衣に着替え、すっかり寛《くつろ》いだ様子で手土産の鮨《すし》を口へ運んでいる。希里にもやろう、と別にこしらえさせた折詰を渡され、佳雨は扇風機が送り出す風の中で小さく溜め息をついた。

「これで、何もかも得心がいきましたよ。義睦様は身分違いの恋を貫くために、鍋島家を捨てるおつもりだったんですね。それで、急に夏目様に後継ぎの座を、と言い出したわけか」

「蒼悟くんにしたら、いい迷惑だろうさ。まぁ、おまえが言っていたように本人はまるきりその気がないし、俺にも〝父が納得するとは思えませんよ〟と笑っていたがな」

「お会いになったんですか、夏目様に」

「ああ。どうせ、本人の意思を確かめるまで佳雨は一人で気を揉むだろう？　俺も少しは気になっていたから、近くへ出かけたついでに話をしてきたよ。おまえに、よろしくと言っていた。廓で梓に何かあった時は、一番に知らせてほしいと」

「若旦那……」

すっかり気性を見抜かれて、照れ臭いやら決まりが悪いやら、だ。しかし、久弥が直接蒼悟の真意を確かめてくれたのなら、これほど心強いことはなかった。

八月も終わりに近づき、夕闇に響く虫の音も日を追うごとに深みが増している。バタバタと慌ただしく過ぎた夏の日々を振り返り、佳雨はこうして再び久弥と過ごせる夕べにしみじみと感謝していた。

「今回、俺はなんの役にも立てませんでした。鏡も、結局は偽物だったそうですし」

「何を言う。そうそう危ない橋を渡ってもらっちゃ困る。俺との約束を忘れたのかい？」

「だけど、若旦那は本当にこれで良かったんですか？」

「うん？」

「評判が地に落ちるような真似を、見合いの席でなさったそうじゃないですか。そんなことをしたら、この先のお仕事や縁談に差し障りが出やしませんか」

「仕事はともかく、縁談の方はそれでいいんだよ。そのために、わざわざ回りくどい細工をして、あのメイドに力を貸してやったんだから」

「え？」

気になる言い方に、胸が少しだけ波立つ。だが、佳雨の不安をよそに、久弥は晴れ晴れとした表情でガリを美味《うま》そうに口へ放り込んだ。

「希里はどこだい？　あの子も夕飯はまだなんだろう？　呼んで鮨を食べさせてやろう」

「今、藤乃姐さんのお使いで『松葉屋』まで行ってるんです。なんでも簪《かんざし》を忘れたとかで」

「それはまた、艶《なま》めかしい忘れ物だな」

「でもね、今度ばかりは姐さんに借りができました」

どういう意味だ、と目で問われ、佳雨は悪戯っぽく含み笑いをする。

「義睦様が色街へいらした時、藤乃姐さんも『松葉屋』で同席していたんです。姐さんの馴染みの軍人さんが、義睦様の紹介人としていらしたものですから」

「ああ、聞いているよ。双葉宗次郎という陸軍の大佐だろう?」

「その方は、かなり藤乃姐さんにお熱でしてね、さんざっぱら口説いてましたよ。だけど、あれは姐さんの好みじゃありません。気をもたせちゃいるが、普段は袖にしているんでしょう。それなのに、先だっての晩に限って姐さんは双葉様へ色よい返事をされたようだ。義睦様がなかなか本題を切り出さないので、双葉様を座敷から連れ出してくれたんですよ」

「本当かい。藤乃花魁といや、おまえと張り合う表看板じゃないか」

「はい。俺の顔を見れば、嫌みしか言いません。姐さんは、男花魁を〝紛《まが》い物〟と嫌ってますからね。でも、本当です。だから、ちょいと借りができた、と申し上げたんですよ」

冷ややかな流し目で義睦へ毒を吐き、澄まして出て行く姿はとても鮮やかだった。いい女なんだけどね、と佳雨は苦笑し、話を急いで元へ戻す。

「若旦那の見合いの仔細、実はその藤乃姐さんから聞いたんです。偶然、廊下で顔を合わせた時に嫌み混じりにね。双葉様は、若旦那の見合いに同席されていたそうですね。どうも、その方が姐さんに漏らしたようです」

「そういうことか。あちこち顔が広い男だな」

「笑い事じゃありませんよ」

奇遇だな、と久弥は笑うが、この件に関しては佳雨は心の底からは喜べない。非の打ちどころのない、どこから見ても立派な紳士の久弥が、不粋で無粋な男と顰蹙《ひんしゅく》を買ったのだ。

見合いを断るためとわかっていても悔しいし、同時に申し訳なくもあった。

鮨には、相変わらず佳雨の好物のいくらが特別に二貫も入っている。恋人の変わらぬ部分にいくぶん慰められながら味わっていると、「それにしても……」と久弥が口を開いた。

「もし、義睦様がこのまま戻ってこなかったら、ちょっと面倒なことにはなるな」

「え……」

「鍋島様には息子が五人もいるし、何も蒼悟くんに固執する理由はないんだが、やはり嫡長優先の流れが強ければ鍋島様の一存で退けられはしないだろう」

「そんな、無茶ですよ。外腹で、ずっと違う世界で生きてきた夏目様がいきなり子爵家の跡取りだなんて。第一、本人にもその気がないのに……」

「貴族の血というのは、俺たちが想像するよりも厄介なものなんだよ」

「…………」

こうなると、認知されたのが却《かえ》って足枷《あしかせ》になったな。そう呟く久弥の言葉に、佳雨は理不尽な思いを抑えきれない。だが、あまりに不安な顔を見せたせいか、彼はすぐに表情を和らげると、宥《なだ》めるようにポンポンと頭を撫でてきた。

「おまえは、また他人のことでムキになる」

「でも……」

「大丈夫。義睦様は、恐らくすぐに戻ってくるよ。おまえも会っているならわかるだろうが、あの人はまったく世間を御存じない。学業はできるだろうが、まだ頭でっかちの若造だ。孤児の娘と二人で愛を貫くには、足りないものがたくさんある」

「それは……俺もそう思いますが……」

不思議なもので、久弥に触れられると、それだけで心の海が凪《な》いでくる。佳雨は自分でもおかしなくらいしおらしくなり、上目遣いに恋しい男の目を覗き込んだ。

「それはそれで、また切なくもありますね。娘さん、傷が浅く済めばいいんですが」

「俺も、そちらの方が心配だね。義睦様はまだいいが、彼女には帰る場所がない」

久弥の口から一通りの経緯は聞いていたので、佳雨もこくりと頷いた。義睦がどれだけ本気かはわからないが、こんな無謀な駆け落ちが成功するとは到底思えない。そうなると、行く末が心配なのは娘の方だった。勤め先を失い、身寄りもなく、恋人にまで捨てられたら、生きるのに絶望したっておかしくはない状況だ。

「難しいもんですね……」

久弥へ寄り添い、佳雨はそっと呟いた。

「梓や夏目様のためには、義睦様には戻ってもらわないと困ります。でも、一方で泣く子がいるかと思うと……どこも丸く収まるってわけには、いかないんでしょうが……」

「それもまた、彼らの人生だ。俺たちが気に病んでも、仕方がない」

「ええ。頭ではわかっちゃいるんですけどね」

下手に関わっているだけに、口で言うほど割り切れないのが難しいところだ。だが、他人を心配するほど己が偉いわけではないことも、また佳雨にはわかっていた。誰も生きるのに精一杯で、運命の皮肉や不本意な流れに逆らったり涙したりしながら日々を送っている。自分だって少し前までは、久弥との逢瀬を禁じられて胸が押し潰されそうだった。

「……なんだか」

「え？　なんです？」

「扇風機は便利だが、少々喧《やかま》しくて情緒がないな。やはり、佳雨が団扇《うちわ》で扇《あお》いでくれる方がずっといい。焚《た》きしめた香がふわりと香って、あれは俺にとっての夏の匂いなんだ」

「じゃあ、少し扇ぎましょうか。虫の音も、きっとよく聞こえますよ」

「そうだな」

微笑む久弥の顔は、少し子どもっぽく見える。佳雨が身を起こし、扇風機の電源を抜こうと身じろいだ時、不意に彼が顔を近づけてきた。視界が暗くなり、柔らかな唇が唇へ押しつけられる。佳雨がそのまま目を閉じると、畳の上へゆっくりと押し倒された。

「若旦那……団扇は……」

「後でいい。どうせ汗をかくんだから」

短い接吻《せっぷん》を何度もくり返しながら、久弥が身体を重ねてくる。どうやら、今の物憂い表情が彼を煽《あお》ってしまったようだ。愛しい重みを受け止めながら、佳雨は笑って囁《ささや》いた。

「後で、身体を拭《ふ》いて差し上げます」

久弥が予言した通り、駆け落ちから七日目に義睦は一人で戻ってきた。どうも女の方から振られたようだが、詳細は頑として語ろうとしないらしい。憔悴《しょうすい》しきった様子で食事もろくに取らず、部屋に閉じこもったきりなのだという。

佳雨がそのことを知ったのは、久しぶりに登楼した義重が珍しく進んで語ってくれたからだった。彼は息子から佳雨に会ったこと、その際に交わされた会話などを告白され、詫びの意味も兼ねて後日談を報告してくれたのだ。

「おまえには、本当に不快な思いをさせたね。義睦はまだ若く、あまりに世の中を知らなさすぎる。これまで長男ということで厳しく躾けてきたつもりだったが、蒼悟の存在が明らかになって少々複雑な思いも抱いていたようだ」

「いいえ、今度ばかりは仕方がありません。恋をすれば、人は周りが見えなくなるもんです」

「恋……か。おまえの口から聞くと、なかなか味わい深い言葉だね」

皮肉というわけでもなく、笑みを含んで義重が答える。出過ぎた一言だったか、と佳雨は赤くなったが、義睦の一連の行動はそれ以外に説明のしようがないものだった。

「別れた娘さんの方は、所在がわからないんですか。確か、身寄りがないと聞きましたが」

「ああ、働き者で妻が可愛がっていたんだがね。こんなことがあっては、とても戻っては来られないだろう。義睦も何も話そうとはしないし、困っているんだよ」

「そうですか……まぁ、覚悟の上で行動したんでしょうし、仕方ありませんね」

「だが、義睦の親としては見過ごしておくわけにもいくまい。相手は嫁入り前の若い娘だ。あいつが話すのを待って、改めて探してはみるつもりだよ」

「鍋島様……」

本来、廓でこんな話をするなど義重にとっては興醒《きょうざ》めもいいところだろう。だが、さすがに親としての責任を感じているのか、彼は常よりずっと神妙な顔になっている。美意識が高く、佳雨を一つの作品のように隅々まで愛し、導いてきた彼の新たな側面に、なんだかこちらまでかける言葉が見つからなくなってしまった。

――と。

「花魁、ちょいとよろしいでしょうか」

廊下から、喜助《きすけ》の実《みのる》が控えめに声をかけてくる。他の馴染み客が登楼したにしては、声の調子がいくぶん緊張を帯びているようだ。なんだろう、と訝しみながら義重に伺いをたてると、彼は知らぬ振りで盃を傾けている。あいすみませんと一礼し、佳雨はそっと障子に手をかけた。だが、スラリと横へ引いた瞬間、思わず我が目を疑って声が出る。

「わ、若旦那……どうして……」

「やあ、佳雨。突然、邪魔をして申し訳ない。実は、今夜はおまえじゃなく鍋島様に話があるんだよ。悪いが、少し時間をいただけるよう取り次いでもらえるかい？」

「え、あの、でも……」

困惑する佳雨の前で、廊下に正座した久弥が明るく話しかけてきた。案内をした喜助の実は面倒を嫌ってか、そそくさと立ち去っていく。恐らくは、幾らか袖の下を摑まされたに違いない。後には義重を含む、微妙な関係の三人だけが残された。

「佳雨、どうしたね？　そこにいるのは、百目鬼くんなんだろう？」

「あ、は、はい……」

「いいから、入ってもらいなさい。何、用事などすぐ終わる」

「ありがとうございます、鍋島様」

丁寧に頭を下げた久弥は、顔を上げる際にちらりと佳雨と視線を交わす。悪戯を企《たくら》んでいるような笑みに面食らい、佳雨はぎこちなく座敷へ彼を迎え入れた。

「失礼します」

入る際にまた一礼し、久弥が義重の正面へ座り直す。新しい膳を希里が運んでくる間、誰も口を開かず居心地の悪い沈黙だけが流れていた。

「とりあえず、唇をお湿しになっては」

興味津々の体の希里を追い返し、佳雨が気まずげに久弥へ声をかける。だが、義重の許しがない限り、自分から彼に酌をするわけにはいかなかった。あくまで今の客は義重で、久弥は作法を無視した乱入者に過ぎない。

（若旦那……一体どういうおつもりで……）

板挟みの佳雨としては、訊くに訊けない辛さがあった。恋人を前にして、他の男の隣へ就かねばならない心情は複雑だが、それより御法度《ごはっと》な行為に及んだ真意こそ知りたい。

その気持ちは、義重も同じだったようだ。彼は、この成り行きを興味深く楽しんでいる。佳雨の酌で盃を干した後、鷹揚《おうよう》な態度で久弥へ言った。

「私に、話があるそうだね。夜は短い。早く話してみるといい」

「恐れ入ります」

「もしや鏡のことなら、あれは偽物ということで片付いたはずだが？」

「いいえ、鍋島様。まだ決着はついちゃいません」

「ほう」

心なしか、義重の目に輝きが戻ったようだ。彼は愉快そうに口元を歪《ゆが》め、視線を久弥へ留めたまま空の盃を佳雨の前へ差し出した。

「どういうことかな。言ってみたまえ」

「俺が思うに、鍋島様がお買いになった時、鏡は本物だったと考えるべきです」

「本物……？」

きっぱりと断言され、義重は不可解な顔になる。聞いていた佳雨も思わず酌の手を止め、向かい側の久弥を怪訝な表情で見つめ返した。

「以前、鍋島様は俺を『翠雨楼』へ呼びつけたことがおありでしたね。あの時、俺は学びましたよ。密談をするなら遊郭が最適だと。それで、失礼を承知でこちらへ伺いました。鏡の件は、あまり他人へ聞かせたくはありませんので」

「密談……か。そんな大袈裟《おおげさ》な用件なのかね」

「俺と、取り引きをしていただきたい」

出された膳の盃には一切口をつけず、久弥が真っ直ぐ問いかける。

義重は口の中で「取り引きか……」と呟き、今度は喉を鳴らして笑い出した。

「なかなか面白いことを言う。私と君との間に、成立するような命題があったかな？」

「もちろんです。それによって、貴方は御自分の名誉を守れる」

「…………」

「俺が、本物の鏡を取り戻してきましょう。それで、鍋島様の目に狂いはなかったことを証明してみせます。世間には知られずとも、鍋島家が贋作を摑まされたという不名誉な事実を貴方は意識から消すことができます」

「ふむ……」

それは、義重にとって魅力的な提案だったようだ。久弥は「名誉」という単語を殊更に強調し、相手の反応を毅然《きぜん》と待つ。やがて、義重の表情から手応《てごた》えを感じたのか、静かに息を吸い込んでから新たに言葉を紡いだ。

「こちらの条件は二つあります」

「…………」

「まず一つ目。取り戻した鏡を、『百目鬼堂』へ売ってくださること」

「やはり、そうきたか」

想定通りだったのか、義重はさほど驚かずに唇の端を上げる。

「そこまで君がこだわるからには、あの鏡は相当の曰《いわ》くがあるんだろう。つまり、蔵から盗まれた品の一つなんだね？　そうでなくては、ここまで食い下がるまい？」

「その通りです」

久弥は頷き、不敵に笑い返した。

瞬間、見えない火花が散り、室内に緊張の糸が張り詰める。佳雨ははらはらしながら、ただ二人のやり取りを見守るしかなかった。

「そして、もう一つ。こちらが、より重要なんですが……」

「言ってみなさい」

「今後、私への縁談は一切遠慮します。奥様にも、そのようにお伝えください」

「なんだって……？」

「以上の二つを了解してくださるなら、明日にでも本物を持参します」

義重のみならず、佳雨までもが久弥の言葉に呆気《あっけ》に取られる。

二つの条件のうち、一つは理解できた。盗まれた鏡を取り戻すのは『百目鬼堂』の義務であり、彼がずっと負っている責任のようなものだからだ。

けれど、もう一つの条件は誰の耳にもふざけた内容にしか聞こえないだろう。しかも、久弥は真剣な様子で「より重要」とまで言ってのけた。

(若旦那……あんたって人は……)

佳雨の唇が我知らず震え、心が切なく音をたてる。

今の一言を聞かせるためだけに、久弥はわざわざ乗り込んできたのだ。

「は……ははは……」

やがて、義重が気の抜けたような笑い声を漏らした。

初めは乾いた響きだったが、それは次第に愉快な音色となり、とうとう彼は破顔する。佳雨でさえ、彼のこんな突き抜けた笑い声など耳にしたことがなかった。

「ああ、なんとも愉快だ」

義重はさんざん笑い、さっぱりした顔つきでそう言った。そうして、憂さを晴らしてくれた礼に条件を呑んでやろう、と快諾する。ついでに、『百目鬼堂』の主人は独身主義者だ、

と社交界に触れ回っておこうと意地悪く付け加えた。

ありがとうございます、と丁寧に頭を下げ、久弥は座敷を後にする。

愛しい気配が遠ざかるまで、佳雨の胸はとくとくと甘く鳴り続けていた。


久弥と鍋島の思わぬ会合から一夜明けた翌日。

いつものように朝顔が開くのを待ち、朝寝に就いた佳雨は程なくして希里に起こされた。

「ん……なんだい、希里。まだ昼見世の支度には早いだろう……?」

「見世に、変な女が来てるんだ。佳雨の知り合いだって言ってる」

「変な女……？」

寝ぼけ眼で起き上がると、成程、一階の方が何やら騒々しい。複数の声が入り乱れ、生憎と内容までは聞き取れなかったが、どうも若い女の声が混じっているようだ。心当たりはとんとないが、嘉一郎から呼んでくるように言われたらしく、希里がほらほらと腕を引いて布団から佳雨を引っ張りだそうとした。

「わかった。すぐ着替えるから、ちょっと待っておいで」

観念して起きることにし、浅葱《あさぎ》の絽《ろ》に朝顔を描いた単衣《ひとえ》を急いで身に着ける。その間に希里が洗面器に湯を張って運び、佳雨はざっと顔を洗って無理やり眠気を飛ばした。

「今行くって言ったら、クソ爺の部屋で待ってるってさ。若い女だぞ。佳雨、どこかでたぶらかしたんじゃないのか？」

「こら、子どもがそんな口をきくもんじゃないよ」

「じゃあ、若旦那の方かもな」

憎まれ口を叩き、希里は忙《せわ》しなく洗面器を片付けに行く。やれやれ、と嘆息し、いつの間にあんなマセたことを言うようになったんだろう、と少し驚いた。ここへ来た頃は本当に子どもで、男女の営みどころか駆け引きさえわかっていない様子だったのに、一旦廓の水に馴染み出すと染まるのはあっという間だ。

「結局、逞しいってことなんだろうな」

嬉しいような悲しいような、相反する気持ちを抱きながら、佳雨は階下へ降りていった。


「貴方が……佳雨さん……」

楼主部屋へやってきた佳雨を見るなり、見覚えのない少女が呆然と呟く。年の頃は十六か七、純朴そうなお下げの髪と滑らかな頬は廓の人間にはない瑞々《みずみず》しさだ。とびきり美人とは言えなかったが無垢《むく》な表情が小動物を思わせ、なかなかに可愛い顔立ちをしていた。

（いや、むしろこういう子の方が男心をそそるだろう。初音《はつね》ちゃんによく似てるよ）

死んでしまった幼馴染は、小鳥のように小首を傾《かし》げるのが癖だった。部屋持ちまで上がりながら病気のせいで花魁になる夢は叶わず、最後は死に目にさえ会えなかったが、今でもあどけなく微笑む顔はくっきり胸に刻まれている。

「ああ、佳雨は俺だけど。お嬢さん、どちらでその名前を？」

「あ、あの……私……」

「自分を買ってくれと、いきなり押しかけてきやがったんだよ。ここに、佳雨って名前の男花魁がいるはずだ。自分はその人と知り合いだから……ってな」

「知り合い？　この子と俺が？」

少女がまごついているのを見兼ねて、嘉一郎が会話に割り込んできた。女衒《ぜげん》を通さず、金に困って自ら身売りをしてくる者は珍しくないが、そこで自分の名前が出てきたのは腑《ふ》に落ちない。商売柄、人の顔を覚えるのは得意なのだけど……と佳雨が記憶を浚《さら》っていると、彼女は己の質素な身なりを恥じるように、やや俯き加減で口を開いた。

「あの、勝手にお名前を出してすみません。どなたか紹介がないと門前払いかと思ったものですから……私、鍋島家で使用人として働いておりました。三田《みた》小夜子といいます」

「鍋島様のお屋敷……あ、じゃあもしかしてあんたが……」

「佳雨さんのことは、義睦様や百目鬼様から伺ってます。『翠雨楼』という遊郭の男花魁で、鍋島家の旦那様とも懇意にされていると……」

「懇意っていうか、まぁ、御贔屓に与《あずか》っちゃいますが」

なんとなく調子の狂う思いで、佳雨は小夜子をマジマジと見つめ返す。恐らく十中八九、彼女は義睦の恋人だ。駆け落ちして僅か一週間で義睦を振り、そのまま姿を消してしまった少女に間違いない。

「おい、佳雨。おめぇ、本当にこの子と知り合いなのか？」

嘉一郎が値踏みするような目で小夜子を眺め、次いで佳雨へ視線を移した。磨けば上玉になりそうだが、鍋島家の名前が出たので二の足を踏んでいるようだ。義睦の駆け落ち話は地獄耳の彼も知っているだろうし、おおよその見当がついたのかもしれない。

「お父さん、悪いがちょっとこの子と二人で話をしてもいいかい？」

「ああ？」

「買うにしたって、後々面倒が起きちゃ大変だろう。鍋島様から少し言付かっていることもあるし、そんなに時間は取らせないからさ」

ゴタゴタは御免なのでこのまま追い返すのが得策だが、小夜子の思い詰めた様子から何か事情があると察したのだろう。しかも、相手はもしかしたら義睦の恋人かもしれず、そうなると扱いは慎重にしなくてはならない。渋々ながら嘉一郎も許しを出し、佳雨は部屋へ彼女を連れていくことにした。

「こっちだよ。ついておいで」

「は、はい」

和洋折衷の建物は、色街の歴史と共に増改築を重ねた賜物《たまもの》だ。広々とした玄関ホール、天井から下がる豪奢《ごうしゃ》なシャンデリア。嵌《は》め殺しの窓には色硝子《いろガラス》が光り、寝起きの遊女たちが緋《ひ》襦袢《じゅばん》や着崩した浴衣など、あられもない姿で談笑している。その中を佳雨が突っ切ると、女郎の何人かが後に続く小夜子との関係を冷やかした。

「相手にしなくていいから」

素っ気なく言い放ち、さっさと階段を上がっていく。禿《かむろ》の女の子が雑巾《ぞうきん》がけをする横を、小夜子はおっかなびっくりな様子でついてきた。

「ここが俺の部屋。遠慮はいらないよ、誰も勝手には入れないんだ」

「一人部屋……なんですか」

「そりゃそうさ。俺を誰だと思ってる？」

「『翠雨楼』の裏看板だと……義睦様が……」

「その通り。要するに、稼ぐってことさ」

「へぇ……」

心から感心したように、小夜子はゆっくりと部屋中を見回す。地味な白いシャツに膝丈のスカートは、せっかくの洋装なのにまるで洒落《しゃれ》っ気がなく、お仕着せの制服のようだった。

（この子が子爵家の箱入り息子とね……）

右手に年季の入った大きめの鞄《かばん》を下げ、靴下は指先が黒ずんで汚れている。だが、野暮ったい外見にそぐわず目の光は聡明で、義睦も恐らくその輝きに惹《ひ》かれたのだろうと思った。彼のような境遇にいれば、着飾った良家の令嬢とは幾らでも出会いがあるはずだ。それらを押し退《の》けて小夜子を選んだ点だけは、同じ男として褒めてやりたくなった。

「とりあえず、そこらに座ってくれるかな。けど、女郎でもない女がこの部屋へ上がるなんて、あんたが最初で最後だろうね」

「そんなことありません。私、身売りに来たんです。お金が必要なんです！」

「なんで」

「なんで……って……」

畏《かしこ》まって正座する小夜子を、佳雨は煙管《キセル》に煙草の葉を詰めながら観察する。鍋島家に戻れないのは当然としても、一足飛びに遊女にならなくても生きて行く方法はあるだろう。短絡的に「金が欲しい」という性格には思えないし、きっと何か理由があるのだ。

「私、孤児なんです。五歳で親と死に別れてから、施設で育ちました」

小夜子は膝の上で両手を握り締め、覚悟を決めた様子で話し始めた。

「十五歳の時、慰問にいらした鍋島家の奥様が私を屋敷へ引き取ってくださいました。使用人として雇う傍ら、読み書きや行儀作法も教えてくださって……とても良くしていただいたんです。それなのに、私は恩を仇《あだ》で返すようなことをしてしまった。そのことが、どうしても頭から離れないんです」

「だったら、最初から逃げなきゃいい。さんざん周囲に心配をかけておきながら、今更涙ながらに訴えられても、誰もあんたに同情はしないよ」

「……わかってます。でも……」

冷たい言葉に、彼女は涙で声を詰まらせる。だが、佳雨は言葉通りに同情はしなかった。人としての情より恋を選んだのなら、鬼や夜叉《やしゃ》になろうと貫くべきだ。それをたった一週間で放り出すなんて、我が身可愛さに怖気《おじけ》づいたとしか思えない。

「私……」

気丈に声の震えを止め、小夜子は意を決したように顔を上げた。

「やっぱり、義睦様と一緒にはなれないと思い知りました。あの方とは、身分も育った環境も何もかも違いすぎます。おまけに、未来の子爵様という立場まで棒に振って私と逃げようと言うんです。私は恐ろしくなりました。義睦様のことはお慕いしています。本当です。だけど、私は旦那様の大事な鏡を割って、知らん顔を通すような女なんです。どう考えても、義睦様に相応《ふさわ》しくはありません……」

「それで、一週間で別れたと」

「鏡を割ったこと、正直にお話ししてお別れを告げました。そのことで、百目鬼様に力になっていただいたことも全て白状したんです。私が割れた鏡をお見せしたら、百目鬼様が〝これをどこで〟と顔色を変えられて。以前から探していた、蔵から盗まれた骨董のうちの一つだと仰いました。まさか、その時は偽物だなんて気づきもしなかった。百目鬼様も、わかってはいなかったんだと思います。だから、あんなに一生懸命になって贋作とすり替える算段をしてくださったんでしょう」

「若旦那が……」

小夜子の話が本当だとすると、久弥は贋作作りのために持ち帰った鏡を調べている最中、それが偽物だと知ったのに違いない。だが、昨夜の話では、義重が買った時は本物だったと断言している。必ず本物を取り返すから売ってくれ、と取り引きまで持ちかけていた。

(若旦那は、犯人に心当たりがおありの様子だった。最初に本物と偽物をすり替えた人物、そいつが鏡に魅入られたんだとしたら……きっと何かしらに執着し、我を抑えきれなくなっているはずだ。もしや、そういう人間が近くにいたんだろうか)

今まで骨董絡みで事件を起こしてきた、幾人もの犯人がそうであったように。

だが、そうとなれば佳雨の不安は否応《いやおう》なしに募る。常軌を逸した執着を煽られ、理性を蝕《むしば》まれてしまった人物が相手となると、はたして久弥に危険はないのだろうか。

(いや、若旦那だってバカじゃないさ。今までのことを考えれば、単独で危ない橋はお渡りにならないだろう。第一、あの方はもうわかっている。自分の身に万一のことがあれば、俺がおとなしくはしていないことを。それなら、きっと無茶はなさらない)

久弥を信じよう、と思った。

危ないことはしないという約束は、何も佳雨だけの安全を思ってのことではない。互いに相手を一番に思うからこそ、自分を大切にしなくてはいけないと先日学んだばかりだ。

「なぁ、小夜子さん。あんたの割った鏡は偽物だったんだろう？　それなら、どうして身売りまでしないといけないんだい？　俺には、その理屈が今一つわからない」

「それは……」

まずは、目の前の少女を色街から遠ざけねば。

彼女のために久弥が贋作まで作ったのは、いろいろ思惑があったとはいえ紛れもない事実なのだ。その行為を、無駄にはしたくなかった。

「確かに、私が割ったのは偽物ですが……旦那様がお金を支払われた以上、代金は弁償するべきじゃないでしょうか。でも、私にはとてもそんな大金は作れません。ですから」

「ちょ、ちょっと待った！」

「え？」

「あんた、もしかして知らないのかい？　鍋島様が買われた本物の鏡を、最初に偽物とすり替えた人物がいるってことを」

「なん……ですって……」

小夜子の顔色が、みるみるうちに青くなる。してみると、彼女は義重が偽物を買わされたと思い込み、それを自分が割ってしまったからと弁償する気でいたようだ。

（そのために遊郭へ身を売ろうとするなんて……一本気というか何というか）

深く溜め息をつき、佳雨は一転して表情を和らげた。

（周囲を引っかき回して被害者面する、はた迷惑な女かと思っていたけど）

偽物だろうが本物だろうが、自分の犯した罪は罪。

そう腹を括《くく》って恋人とも別れた、その心意気だけは天晴《あっぱれ》なものだ。

佳雨はようやく煙管の存在を思い出し、火をつけて一度深く煙を吸い込んだ。くゆる香りは天井まで上り、ゆるゆると広がる様を見て心を落ち着ける。ふと気づけば、小夜子も同じようにして煙の行方を目で追っていた。

「小夜子さん」

しばしの沈黙の後、改めて佳雨は口を開いた。

「今、百目鬼の若旦那が本物を持ち去った犯人を探しているところだ。鍋島様も、もちろん承知している。状況が落ち着いたら、あんたの行方も探すと仰っていたよ」

「旦那様が？　それは本当ですか？」

「ついでに、帰ってきた義睦様は食事もろくに召し上がらないそうだ。あんたのことが忘れられず、部屋に閉じこもったまんまだと困っていらしたからね。なぁ、小夜子さん」

「は……はい」

「身を売るほどの覚悟があるなら、まずは鍋島家へ戻って頭を下げたらどうだい？　誠心誠意、申し訳ありませんでしたと謝罪して、それから遊女にでも何にでもなったらいい。もっとも、本物はどっかの誰かさんがちょろまかしていたんだから、あんたが弁償する意味はないと思うけれどね」

「佳雨さん……」

「本気で遊女になりたけりゃ、いつでも俺が世話してやるよ。だけど、あんたに廓の生活は似合わないだろうな。着飾って紅を引くより、雑巾絞ってる方が好きだろう？」

「私……」

今度こそ、限界だったのだろう。

小夜子の瞳に溜まった雫が、次々と頬から顎《あご》へ伝い落ちていった。佳雨は黙ってちり紙を渡し、気の済むまで泣かせてやることにする。愚かな行為で彼女は何もかも失《な》くしたが、少なくとも借金だけは背負わずに済んだのだ。

（人前でそうやって泣けるうちが花だ。廓の人間にゃ、泣いてる余裕もない）

苦笑いを浮かべ、そんな風に呟いてみる。

押し殺した泣き声は、それからしばらく続いていた。

久弥が訪ねたのは、陸軍大佐の双葉邸だった。

鏡が偽物だと言った時、令嬢の付き添い人として同席していた双葉の態度が怪しかったため、すぐに贋作作りの職人を幾人か尋ね回ったのだ。そのうちの一人が双葉から依頼を受けたのを認め、彼が鍋島家へ出入りする際にすり替えたのだろうと推測した。何度も鏡を目にするうちに魅入られたらしく、双葉は詰め寄る久弥へどうしても手に入れずにはおれなかったのだととうとう白状する。事を公にしないことを条件に、彼は本物の鏡を久弥へ渡した。

義重は約束を守り、鏡を買い取ったのと同額で『百目鬼堂』へ譲ってくれた。

鍋島家へ謝罪に出向いた小夜子は、結局鍋島家を辞めたとのことだ。だが、偽物とはいえやはりごまかしたのは良くなかったと身売りまでして贖罪《しょくざい》しようとした健気《けなげ》さに免じられ、今は別の屋敷に紹介されて奉公に出ている。義睦とは正式に別れたようだが、いずれ大人になったら改めて求婚すると密《ひそ》かに約束を交わしたらしい。義睦も、自分が家督を継いだ後、誰にも文句は言わせない立場で小夜子を娶《めと》るのもありかと考え直したのだという。そう上手くいくかはわからないが、あれだけの騒動を起こして人をヤキモキさせたのだから必ず添い遂げてくれなきゃ困る、と小夜子からの手紙を読み終わった佳雨は言い、それを聞いた久弥は先だっての義重に勝るとも劣らない勢いで笑った。

憂いと喜びを交互に味わった夏は、朝顔の花弁と共に去ろうとしている。
そうして。
九月の声を聞こうかという週末、佳雨は懐かしい場所に立っていた。

蛍を見に行こう、と久弥は言った。

来年も再来年も一緒に、と。

その言葉だけで佳雨は幸せで、約束が守られるかどうかは問題にはしていなかった。

(だけど……)

鎌倉の瀟洒《しょうしゃ》な屋敷は、久弥の友人が所有する別邸だ。昨年も、ここの離れを一晩貸してもらって久弥と二人きりで特別な夜を過ごした。友人というのは佳雨も何度か危ないところを助けてもらった刑事の九条信行《くじょうのぶゆき》で、全ての事情を承知の上で快く鍵を渡してくれたらしい。良家の子息だとは聞いていたが、別邸でこれだけ立派なところを見ると彼の家はかなりの資産家なのだろう。九条の、理知的でいかにも育ちのいい顔立ちを思い浮かべながら、銀花《ぎんか》が知ったら舌舐《な》めずりしそうだと佳雨は思った。

(また来ることができるなんて、夢を見ているみたいだな……)

佳雨との約束を、久弥はいつも違《たが》えない。花魁を大門の外へ連れ出すには莫大な保証金を積まねばならないが、夏が終わりに近づく頃、待ちかねていたかのように楼主の嘉一郎と話をつけてくれた。それでも自由でいられるのは正午から翌日の正午までだが、日頃が籠《かご》の鳥な分、贅沢《ぜいたく》すぎるほどの時間だった。

「今年も、一緒に風呂へ入ろうか」

「え……」

「おまえが、背中を流してくれただろう？　濡れた襦袢が肌に張り付いて、とても艶めかしかったな。思えば、十代の若者のようにがっついたもんだ」

「や、やめてください。恥ずかしいじゃないですか」

初夜の記憶を彷彿《ほうふつ》とさせる久弥の一言に、佳雨の頰は熱く桃色に染まる。あの日、結局は抱き合うことに夢中で蛍を見逃し、それが先々の約束へと繋がったのだ。

一年が過ぎた、としみじみと思う。

恋に落ち、想いは捨てないと決めてから、ようやく巡ってきた季節だった。

「今回は、無事に骨董を取り戻すことができましたね」

「まったくだ。いつも、なんだかんだと事件が起きて台無しにさせられたからな。万一を考えて九条に同行してもらったが、双葉には鏡より立場の方が大事だったらしい。案外、素直に返してくれてホッとしたよ」

「俺も、ちゃんと約束が守れました。危ないことはしない、事件に首は突っ込まない。若旦那の寿命も、これで少しは延ばせたでしょうか？」

「たまたま突っ込むような事件が、起きなかっただけじゃないか」

「それでも、約束は約束です」

澄まして答えると、久弥が軽く笑った。その声は夕暮れの風に溶け、薄紫の雲がゆっくりと流れていく。二人は縁側に浴衣姿で座り、他愛もない会話を宝物のように味わった。

「蛍、今年は見られるでしょうか」

「ああ。秋口まで大丈夫だと、九条のお墨付きだからな。陽がもっと落ちたら、裏手の川から蛍が飛んでくるそうだ。去年は、なんだかそれどころじゃなかったが……」

「そうですね」

不埒《ふらち》な思い出が脳裏を掠めたのか、久弥はコホンと咳《せき》払いをする。佳雨は静かに彼の肩へ凭《もた》れかかると、手にした団扇でのんびり扇ぎながら微笑んだ。

「若旦那は、いつも俺に贈り物をくださいます」

「佳雨？」

「朝顔や福寿草、うさぎ饅頭《まんじゅう》に……そうそう冬には友禅も仕立てていただきました」

「…………」

「今夜の蛍狩りも、俺には過ぎた道楽です。おまけに、これきり見合いはしないと公言までしてくださった。俺は、そんな若旦那に何も差し上げられません。愛してくださいとお願いするばかりで、何一つ返してやしないんです。それなのに、あんたはとても優しい」

「ずいぶんと褒められたもんだ。言っておくが、ご馳走《ちそう》は用意していないぞ？」

軽口を返すその唇の、左端へ佳雨はそっと口づける。不意を衝《つ》かれた久弥は純情な青年のように赤くなり、「なんだい？」とこちらを照れ臭そうに見返した。

「今日は、なんだか妙な具合だな。いつもの調子がまるで出ない」

「俺も同じです。接吻した途端、心臓が速くなりました」

「佳雨……」

飾り気のない言葉に、久弥の笑みがまた濃くなる。そのまま腕を伸ばし、彼は強く佳雨の肩を抱き寄せた。残った方の手を繋ぎ、二人はしんなりと寄り添い合う。虫の音が何重にも響き渡り、むせかえる草の匂いを夜風が四方へ散らしていった。

「おまえは、何も返していないというが」

「え……？」

「一つ、大事なことを忘れている。おまえのお陰で、俺は胸の真ん中に開いた穴を塞ぐことができた。それは、金では買えないものだ。佳雨を好きでいることが、俺には何よりの希望になる。朝顔や友禅は美しいが、おまえの生きる力には敵わない」

「………」

口を開いたら、感情が全て溢れ出てしまいそうだ。

そう思うと何も言えず、佳雨は黙って久弥の温もりに抱かれていた。

無我夢中で生きてきて、己の全部で久弥を想ってきた。その心を丸ごと受け止めてもらえたようで、嬉しいと同時に微かな恐ろしさも感じる。もう久弥とは他人ではない、一つの運

命を半分に分けた相手だと知ってしまったからだ。

「蛍、見に行きましょうか」

ようやく出した声は、語尾の震えを隠すのに精一杯だった。

そうだな、と久弥が答え、お返しとばかりにしっとりと唇を重ねてくる。

(久弥さま……——)

口づけの熱に酔いながら、佳雨は心が溶け合っていく音を聞いていた。

お留守番

今日から明日にかけて、佳雨《かう》は見世《みせ》にいない。久弥《ひさや》が金を積んで、大門《おおもん》の外へ彼を連れ出していったからだ。初めて耳にする決まり事だったが、なんでも娼妓《しょうぎ》を一泊二日で貸し切って一緒に色街から出ることが可能なのだという。

「百目鬼《どうめき》の若旦那も、よくわかんねぇ人だよなぁ。たかだか蛍を見るのに、あんな大金をクソ爺の前に積み上げてさ。勿体ないったらねぇよ」

留守中の掃除を佳雨から言いつかり、希里《きさと》は畳の雑巾《ぞうきん》がけをしている最中だ。うるさいのがいなくて清々する、と思ったが、主のいない二間続きの部屋はやたらと広くて、なんだか心細い気持ちになった。しかし、将来自分が売れっ妓の男花魁《おいらん》となり、佳雨の売り上げを凌《しの》ぐ人気者になったら、この部屋は譲ってもらう約束だ。自分の住処《すみか》になるかもしれないので、掃除の手を抜くわけにはいかなかった。

「それにしたって、金持ちの道楽は凄いもんだなぁ」

元から、久弥の金離れの良さは図抜けている。佳雨の馴染みには著名人も多く、裕福な男たちばかりだったが、最年少の久弥が一番金を使っているようだ。

「大体、若旦那くらいマメに廓《くるわ》通いしてる客なんか見たことねぇよ」

ふぅ……と、綺麗になった畳の表を満足そうに眺め、額に浮いた汗を拭った。

相手が花魁ともなれば一回の登楼《とうろう》で軽く会社員の給金の数ヶ月分にはなるのに、久弥は仕事が忙しくない限り週に一度の頻度でやってくる。おまけに、佳雨を貸し切りにしたり、総仕舞いで廓中の女郎や使用人に心付けを配ったりと、とにかく金に糸目をつけない。

いくら老舗《しにせ》とはいえ、一介の骨董商《こっとうしょう》がそんなに儲かるものだろうか。

楼主の嘉一郎《かいちろう》などは金さえ落としてくれれば出所は気にしないようだが、希里が疑問に思うくらいだから、佳雨本人はもっと心配していた。久弥の前ではおくびにも出さないが、できるだけ金を使わせないようにと心を砕いている節さえある。これもまた腕利きの花魁にはあるまじき振る舞いなので、希里はやっぱりハラハラしてしまうのだった。

「いい大人のくせして、本当にあいつら危なっかしいや」

そろそろ、朝顔の花の時期も終わりに近づいている。いろんな旦那衆から贈られる高価な品物のどれよりも、佳雨が大切にしている花たちだ。朝顔の世話をしながら、希里はふっと田舎の家族を思い出した。

希里は秋田で農業を営んでいる家に、八人兄弟の末っ子として生まれた。実家は本当に貧乏で、年の離れた姉三人は懐く間もなくすぐ奉公へ出されてしまったが、まさか男の自分まで売られる羽目になるとは夢にも思っていなかった。

『ふぅん。この子は、けっこうな器量じゃねぇか。磨けば、通好みな客人に人気が出るかもしれねぇな。今な、東京の色街じゃ男花魁てのが人気なんだ。上手くいきゃ、張見世《はりみせ》の遊女なんかよりよっぽど銭が稼げるぞ。どうだい、あんたら息子を預けちゃみねぇか？』

本来は村娘を買いに来た女衒《ぜげん》の男が、たまたま野良仕事をしていた希里に目をつけた。折悪しく働き手の一人だった父親はリウマチが悪化し、新しい農耕機を買わねばどうにもならないところへきていたのだ。両親は地獄に仏とばかりに女衒のいい値で承知してしまい、何が何やらわからぬうちに東京行きの列車へ乗せられていた。

「でも、こっちに来たら〝ガキ〟だの〝ごぼう〟だのばっか言われて、ちっとも器量なんか褒《ほ》められやしないや。俺、本当に男花魁なんかになれんのかな……」

座敷の真ん中に立て膝で座り込み、ごそごそと袂《たもと》から金平糖《こんぺいとう》の袋を出す。同じ禿《かむろ》たちに見られると盗まれかねないので、こっそり持ち歩くようにしている秘蔵の品だ。

「あんな、男女みたいな恰好すんのは嫌だけどさ。でも、そうしないと借金が返せないんだろ？　佳雨が言ってたもんな。下働きや便所掃除だけじゃ、一生かかったって自由にはなれないって。だけど……」

大事に一粒ずつ味わってきた金平糖は、もう半分以上減っていた。不意に希里は頼りない気持ちになり、葡萄《ぶどう》味の星を二つ一遍に口へ放り込む。口の中に甘い香りが広がり、溶けてなくなるまでの束の間、嫌なことを考えずに済んだ。

そういえば、と丸い刺を舌で転がしながら、今更な事実に気がつく。

最近、独り言ですら国の言葉が出なくなってきたなぁ。

こうやって、自分はどんどん廓の人間になっていくんだろうか。いずれは女の着物を纏《まと》うのも平気になって、威張りくさった親父や助平爺どもの慰み者になる日が来るのか。そんな暮らしを何年も続けて、頭がおかしくなったらどうしよう。

「いや……大丈夫だ。だって、佳雨がいるもの」

無意識に、希里はそう呟いていた。

そう、自分の側には佳雨がいる。いつだってしゃんと背筋を伸ばしていて、嫌な客には媚びへつらわない。決して自分自身や廓に生きる人間を憐れんだりしない、強くて綺麗な男花魁が。彼が咲き誇っているうちは、きっと自分も逞しく生き抜いていけそうな気がする。

そうして、いつかこの部屋を貰うのだ。彼を超える売れっ妓になった日か、あるいは――久弥が年季明けの佳雨を迎えに来るその日になったら。

「佳雨、早く帰って来ないかなぁ」

一人だと、やっぱり退屈で仕方がない。

金平糖の後味を惜しみながら、希里は盛大な溜め息をついた。

届けられた手紙を開けると、写真がはらりと落ちてきた。

梓《あずさ》は「あ」と声を出すと慌ててしゃがみ込み、座り机の下に潜り込んだ紙片を引っ張り出す。裏を返すとヴァイオリンを演奏している青年が写っており、いつもの地味な眼鏡こそかけていなかったが蒼悟《そうご》だというのはすぐにわかった。

「写真？　蒼悟さん、何考えてんの？」

まさか、自分の代わりにこれを抱いて寝てくれ、とでも言うつもりだろうか。冗談じゃないや、と憎まれ口を叩き、それでも満更でもない気分で白黒写真をよく見直してみた。

どこで誂《あつら》えたのか、蒼悟は黒の燕尾服を着ている。場所はよくわからないが、どうも小さなホールのようだ。演奏姿の背景に緞帳《どんちょう》が下りていて、伴奏付きなのか端にグランドピアノと思しき影が写っていた。

「へぇ、けっこう様になっているなぁ」

何かの発表会だったのだろうか。優しい顔立ちに演奏中の緊張感が程良く混ざり合い、どうしてなかなかの男前だ。子爵の血筋だけあって、なんとなく高雅な雰囲気まで漂っている。見ているうちに段々嬉しくなってきて、梓はぺたんと畳の上で正座を崩した。

「ヴァイオリンのお稽古《けいこ》、上手くいってるんだな」

少し前、復学して大学院へ通うため、蒼悟は稽古漬けの日々を送っていたらしい。そのせいで手紙が少しだけ間遠になり、文句で埋め尽くされた梓の手紙を受け取る羽目になった。だが、事前に事情さえ話してくれれば、別に梓だって怒りはしなかったと思う。嫌なのは、蒼悟がどこで何をしているのか、まったくわからなくなってしまうことなのだ。

「ホントに、要領が悪いって言うか。一つのことですぐ頭が一杯になっちゃうし」

そんな蒼悟の人柄を、佳雨は「真面目で一途」だと褒めている。けれど、梓にしてみれば時に歯がゆいだけでなく、心配が過ぎて腹まで立ってきてしまうのだった。

だが、さんざん怒った甲斐はあったようだ。

最近は、週に一度の割合できちんと手紙が届けられていた。

「僕も、写真とか送れればいいんだけど……」

絢爛豪華《けんらんごうか》な花魁衣装に身を包み、澄まし顔で撮った写真なら持っている。でも、梓は普段着で男の恰好をしている自分を、蒼悟に見てもらいたかった。自分を買いに来る客のため、装っている姿などできれば見られたくはない。

「いけない、もう夕方だ。夜見世《よみせ》の支度が始まっちゃうな」

暮れゆく窓の外を見つめ、なんだか無性に人恋しくなった。こんな時、佳雨がいてくれたら……といつも思う。他愛のない話をしたり、彼が「どうだい」と勝気に笑んで己の美しさを誇る様は、梓を常に幸福にした。

けれど、独り立ちをした今は、淋しいなんて言っていられない。同じ廓の中で、きっと佳雨も笑っている。そう思うことが、弱くなった梓の心を奮い立たせるのだった。

「そういえば、蒼悟さん、なんて書いてきたのかな」

写真にばかり気を取られて、肝心の手紙を読むのを失念していた。梓は封筒から丁寧に折り畳まれた便箋を取り出し、ゆっくりと広げてみる。見慣れた蒼悟の筆跡が、自然と胸を温かくさせていた。

——だが。

「え……」

唐突に、ある個所で目が留まる。

そこには、いつもと同じように優しい文面で「変わらず君へ心を寄せている」旨が書いてあった。だが、続く一行に梓は目を疑う。何故なら、蒼悟は近い将来、海外留学を考えているとしたためていたからだ。

「どういう……こと……」

海外留学。もちろん、それはヴァイオリンのことだろう。震える指を懸命に堪え、先の文字を追ってみる。蒼悟の演奏を聴いたドイツ人のヴァイオリニストが、その気があるなら援助をすると言ってくれたらしい。まだ結論は出していないが、ここで頑張って世界に認められる演奏家になれたら、梓を迎えに行く日が近くなる、と結んであった。

「蒼悟さん……」

嘘だ。咄嗟に、心の中でそう呟いた。

もし蒼悟が有名なヴァイオリニストになったとしても、男花魁の身請けなんて許されるはずがない。世間は面白おかしく騒ぎたてるだろうし、梓だって見世物にされるのは絶対に嫌だ。確かに街のヴァイオリン教師などより収入は増えるだろうが、自分たちの距離は今よりずっと遠くなる。

「どうしよう……蒼悟さんが、遠くへ行っちゃう……」

海外だろうと国内だろうと、会えないことに変わりはない。だから、深刻なのは物理的な問題ではなかった。蒼悟が違う世界の住人になってしまったら、たとえ目の前にいようと触れ合うことも叶わない。梓が恐れているのは、そのことなのだ。

手紙には、もし渡欧することがあっても必ず迎えに行く——そう書いてあった。だから、信じて待っていてほしいと。何があろうと、この想いは変わらない。君が好きだ、と実直な言葉で綴られていた。

「僕だって……僕だって……」

梓は、一度も蒼悟へ「好きだ」と伝えたことはない。彼に見初められ、水揚げされた夜も、恋だの愛だの考える余裕など欠片もなかった。

それなのに、蒼悟の一言一言が、今はこんなにも自分を翻弄する。別離と背中合わせの告白が、胸を甘く叩き続ける。次はいつ会えるかもわからないのに、これきりかもしれないと思うだけで立ち上がる気力さえ失われてしまう。

「僕は……」

待てるだろうか。

そう、自分へ問いかけた。

蒼悟を信じて、奇跡を待つことができるだろうか。毎晩違う男に抱かれながら、彼が帰る日を色街の籠の中で過ごせるのだろうか。

「蒼悟さん……」

もしかしたら、と梓は思った。自分が選んだ道は、佳雨が歩く道よりもっと厳しく辛いものなのかもしれない。久弥の身請けを断り、自力で大門から抜けようとする佳雨は、少なくとも心根は自由だ。誰の支配も受けず、愛でさえ己で選び取っている。

「……待てるさ」

手紙をくしゃくしゃに握り締め、梓は力強く言葉にした。

どのみち、ここで生きていかねばならないのだ。蒼悟が迎えに来ようと来るまいと、どこへも逃げることはできない。それなら、惚れた男の心を信じ、帰ってくる日を待つのも一つの選択だ。人より少しだけ長い、留守番をしていると思えばいい。

「待てるよ。僕は……蒼悟さんを」

夜見世の時間が、近づいていた。今夜は、上得意のお馴染みがやってくる約束になっている。梓は一つ深呼吸をしてから、誰より艶やかに装うために立ち上がった。

「おまえ、こんなとこで何やってるんだ？」

ちょうど蕎麦屋《そばや》を出たところで、ばったり見覚えのある男と出くわした。だが、九条《くじょう》が反射的にそんな口をきいてしまったのは、相手が意表を突く人物だったからだ。

「何って、蕎麦を食おうと思ってたんだけど」

「え、だって、おまえ……」

「なんだよ？」

僅かに低い位置から、意味ありげにねめつけられる。挑発的な視線、ふてぶてしい口元の笑み。九条はたちまち不愉快になり、うっかり声をかけたことを後悔した。

通りの雪洞《ぼんぼり》に灯りがつき、間もなく色街に活気が戻ってくる。こんな時間に出歩いていたのでは、彼は商売に間に合わないのではないだろうか。そう思って見返すと、銀花《ぎんか》という名で男花魁を生業《なりわい》としている彼は、今度はやや及び腰になって「なんだよ」とくり返した。

「刑事にジロジロ見られると、こっちは気分が悪いんだよ」

「バカ、大きな声出すな。ここじゃ、警察は嫌われ者なんだからな」

「じゃあ、なんで色街なんかに出入りしてんだ。また、何か事件でも？」

話している間に調子を取り戻したのか、銀花は好奇心に目を光らせる。以前、殺人事件の聞き込みをしている時に親子丼と引き換えに話を聞かせてもらったことがあったのだが、それに味を占めたのかもしれない。馴れ馴れしい態度で「なぁなぁ」と迫られ、相手が男とわかっていても九条は対応に困ってしまった。

「生憎だけど、今日は仕事じゃない」

「へぇ。そんじゃ、女郎を買いに来たんだ。刑事さん、けっこう遊び人だね。まぁ、百目鬼の若旦那の親友なら、それもわかる気がするけどさ。あの人、佳雨の間夫《まぶ》になるまでは色街でそこそこ有名だったからね」

「違うよ。百目鬼に頼まれたんだ。あいつ、今夜は佳雨くんを連れて鎌倉へ行っていてね。留守番させて気の毒だから、禿の希里って子にうさぎ饅頭でも差し入れてやってくれと」

「佳雨と若旦那が？　鎌倉だって？」

調子よくまくしたてていた銀花が、それを聞くなり白けたように黙り込んだ。何かまずいことでも言ったかと、九条は内心訝しむ。希里に会う前に腹ごしらえをしただけなのに、なんだか妙な相手に捕まってしまった。

（それにしても、つくづく佳雨くんとは対照的な男だな）

粋な着こなしで男物の着物を纏い、髪は後ろで一つに束ねている。飾り気のない今の銀花を見て男花魁だと思う人間はいないだろうし、九条だってピンとはこなかった。もっとも、花魁姿の銀花など見たこともないので、想像さえできなかったが。

「佳雨の野郎、なんだかんだ言って上手いことやってんだな」

「え？」

「いや、なんでもねぇよ。俺、今夜は休みなんだ。見世でおとなしくしてろって楼主にゃ言われたけど、蕎麦の一杯くらい食いに出たって罰は当たらねぇよな。そうだろ？」

「ん……まぁ、それは……」

「刑事さん、ここで会ったのも何かの縁だ。俺に奢ってくれ」

「やっぱりな……」

たかられるのは目に見えていたので、九条はやれやれと嘆息する。別に相手をしないで立ち去ってもよかったのだが、親友が恋人と仲睦まじく蛍狩りをしている夜、一人侘びしく蕎麦を啜っている自分が少し気の毒にも感じていた。相手が男なのは別の意味で淋しいが、気を使わないで済むので気楽と言えば気楽だ。

「あんた、思いっきり緩んだ面《つら》してるけどな」

そんな九条の心情を察したのか、銀花はニヤリとうそぶいた。

「一度、俺を買ってみな。そんな余裕、一遍で吹き飛んじまうぜ？」

「残念だが、その手には乗らないよ。そっちが遣り手なのは、俺だって耳にしてる。男花魁にハマって身代傾けるなんて、俺には理解できないね」

「へっ。極楽を味わわせてやるのによ」

そう言いながらも、銀花の興味はすでに蕎麦へ移っているようだ。こんなちゃっかりした男のどこに色気があるのかさっぱりわからなかったが、面白い奴には違いなかった。

「よし、俺は天せいろに決めた。刑事さん、あんた何にする？」

「何って……」

「一人で飯食ったって、つまんねぇだろ。それとも、俺が蕎麦啜《すす》ってるとこ眺めてる気か？そんなら、別料金貰わねぇとなぁ」

「……食うよ」

完全に主導権を握られて、奢るのはこっちなんだぞ、と胸でごちる。

だが、確かに彼が言う通りだった。

飯は一人で食べるより、二人の方が絶対に美味い。特に、幸せな親友の留守を預かる身なら尚更だ。

それじゃ行くか、と声をかけ、九条は銀花を連れて蕎麦屋の暖簾を再び潜った。

あとがき

こんにちは、神奈木です。年一冊のゆるりとしたペースでお届けしている仇花シリーズ、お陰さまで本作で四冊目となりました。これも応援してくださる読者様、出版社様、そして何より美麗なイラストで盛り上げてくださる穂波ゆきね様のお陰です。本当に、どうもありがとうございます。特に、今回は告知が出た時からたくさん「待ってました」とメールをいただき、有り難いやら恐縮するやらでした。同時に、シリーズとして皆様の中で定着してもらえたのかな、と嬉しい気持ちにも。そんな方々にがっかりされないよう、また本作で初めて手に取ったという方にも楽しんでいただけるよう頑張ったつもりです。少しでもお気に召していただければ幸いです。

さて、今回はシリーズの幕間的な意味の内容となっております。ですから、血生臭い事件はお休み、佳雨も危ないことはしません（笑）。普段は影が薄くなりがちの若旦那に、少し男前なところを見せてもらおうと思って書いた回でした（その分、鍋島様が割を食ってしまいましたが、前回オイシイ役どころだったのでお許しを）。一冊目の時期からちょうど一年たった頃なので、二人の恋が未来へ向かってどのように熟しつつあるのか、そんな確認をするようなお話となりました。まだまだ憂いの種は尽きず、佳雨も同じことで悩んだりぐるぐるしたりもしますが、その都度出した答えにも少しずつ変化が出ているはず。梓や希里、銀花などのキャラたちにも、重ねた月日の分だけ運命は回り始めています。その序奏として本作をお読みいただければ嬉しいです。若旦那、本当に七年待つつもりでしょうか。

また、シリーズとはいえ初めて読む方にも馴染んでいただけるよう、佳雨が身請けを拒む理由や若旦那の心持ちなど、以前と重複する個所も出てまいります。どうか、その点はご容赦くださいね。佳雨が若旦那にすまないと思いながら、それでも自力で大門を出たいと思う気持ちは人によっては「理解不能」と思われるかもしれません。実際、そういう感想もいただきました。けれど、つまらぬ意地を張り通す佳雨にこそ若旦那はベタ惚れなのです。「バカな二人だね」と思いながら、もう少し先行きを見守ってくださるといいな、と思います。

続きはまた来年になりますが、いよいよ盗まれた骨董も最後の一品となりました。物語全体の大きなうねりとなるドラマが書けたらいいな、と密かに野望を燃やしておりますので、どうか待っていてくださいね（あ、次で最終巻という意味ではないですよ！）。

穂波ゆきね様。今回も見惚れるような美しい表紙と口絵、愛らしく優しいキャラたち、何度くり返しても見飽きることがありません。いつも、本当にありがとうございます。特に、今回はいろいろご迷惑をおかけして申し訳ありませんでした。こんな私ですが、どうぞ今後ともよろしくお願いいたします。担当様も、お忙しい中いろいろありがとうございました。

それでは、またの機会にお会いいたしましょう。

http://blog.40winks-sk.net/（ブログ）　神奈木　智　拝

✦初出　銀糸は仇花を抱く……………書き下ろし
お留守番…………………………書き下ろし

神奈木智先生、穂波ゆきね先生へのお便り、本作品に関するご意見、ご感想などは
〒151-0051 東京都渋谷区千駄ヶ谷4-9-7
幻冬舎コミックス　ルチル文庫「銀糸は仇花を抱く」係まで。

幻冬舎ルチル文庫

銀糸は仇花を抱く

2010年8月20日　第1刷発行

✦著者	神奈木智　かんなぎ さとる
✦発行人	伊藤嘉彦
✦発行元	株式会社 幻冬舎コミックス 〒151-0051 東京都渋谷区千駄ヶ谷4-9-7 電話 03(5411)6432[編集]
✦発売元	株式会社 幻冬舎 〒151-0051 東京都渋谷区千駄ヶ谷4-9-7 電話 03(5411)6222[営業] 振替 00120-8-767643
✦印刷・製本所	中央精版印刷株式会社

✦検印廃止

万一、落丁乱丁のある場合は送料当社負担でお取替致します。幻冬舎宛にお送り下さい。
本書の一部あるいは全部を無断で複写複製することは、法律で認められた場合を除き、著作権の侵害となります。

定価はカバーに表示してあります。

©KANNAGI SATORU, GENTOSHA COMICS 2010
ISBN978-4-344-82032-6　C0193　Printed in Japan

本作品はフィクションです。実在の人物・団体・事件などには関係ありません。

幻冬舎コミックスホームページ　http://www.gentosha-comics.net

「幻冬舎ルチル文庫」
大好評発売中

神奈木 智
イラスト
穂波ゆきね
560円(本体価格533円)
[うちの巫女が言うことには]
麻積冬真は警視庁捜査一課の刑事。連続殺人事件の被害者全員が同じおみくじを持っていたことから捜査のため、ある神社を訪れた麻積は、参道で煙草を吸おうとして禰宜・咲坂葵に注意される。その最悪な出会いから二週間後、再び事件が起こり麻積は葵のもとへ。麻積は、なぜか自分には厳しい葵に次第に惹かれていき……!?

発行●幻冬舎コミックス　発売●幻冬舎

「幻冬舎ルチル文庫」
大好評発売中

『うちの巫女、知りませんか？』
神奈木智
イラスト
穂波ゆきね
560円（本体価格533円）
ある殺人事件をきっかけに恋に落ちた、警視庁捜査一課の刑事・麻績冬真と禰宜・咲坂葵。麻績は激務の合間を縫って葵との逢瀬を重ね、愛情を育んでいる。そんな中、葵の双子の弟・陽と木陰の巫女姿の写真がブログで紹介され、ちょっとした騒動に。その上、双子たちは麻績が担当する事件の容疑者に遭遇してしまう。しかも木陰が行方不明になり……!?

発行●幻冬舎コミックス　発売●幻冬舎

「幻冬舎ルチル文庫」
大好評発売中

『群青に仇花の咲く』
神奈木 智
イラスト
穂波ゆきね
560円(本体価格533円)
佳雨は、色街でも3本の指に入る大見世「翠雨楼」の売れっ子男花魁。粋な遊び人である老舗の骨董商の若旦那・百目鬼久弥が佳雨の馴染み客になって半年が経つ。誰にも恋をしたことがない佳雨だったが、実は久弥に恋をしている。しかし久哉は抱いてはくれない。ある日、花魁の心中事件が。その事件を調べている久弥を手伝っていた佳雨が襲われ!?

発行●幻冬舎コミックス　発売●幻冬舎

「幻冬舎ルチル文庫」
大好評発売中

「薄紅に仇花は燃ゆる」
神奈木 智
イラスト
穂波ゆきね
540円（本体価格514円）
佳雨は色街屈指の大見世『翠雨楼』の売れっ子男花魁。馴染みであった百目鬼久弥に恋し、今は想いが通い幸せをかみ締める佳雨だが、幸せの深い分だけ不安にも駆られる。そんな中、楼主から佳雨が可愛がっている梓の水揚げを久弥に頼めないかと言われ、悩みながらも佳雨は久弥に頼むことに。男花魁として生きる以上は避けられぬ運命に佳雨と久弥は……？

発行● 幻冬舎コミックス　発売● 幻冬舎

「幻冬舎ルチル文庫」
大好評発売中

『桜雨は仇花の如く』
神奈木智
イラスト
穂波ゆきね
560円（本体価格533円）
色街屈指の大見世『翠雨楼』の売れっ子男花魁・佳雨は、想いを通わせ合う百目鬼久弥との逢瀬を心の支えに裏看板として相変わらず大人気。ある日、佳雨は禿として少年・希里の面倒を見ることに。反抗的だった希里が行方不明になり心配する佳雨。一方、佳雨に身請け話をしつこく持ちかける男がいた。その男は行方不明事件にも関係があるようで……!?

発行●幻冬舎コミックス　発売●幻冬舎